ベティ・ニールズ・コレクション

ひそやかな賭

ハーレクイン・マスターピース

東京・ロンドン・トロント・パリ・ニューヨーク・アムステルダム
ハンブルク・ストックホルム・ミラノ・シドニー・マドリッド・ワルシャワ
ブダペスト・リオデジャネイロ・ルクセンブルク・フリブール・ムンバイ

THE LITTLE DRAGON

by Betty Neels

Published by Harlequin Japan, a Division of K.K. HarperCollins Japan, 2024

ベティ・ニールズ

イギリス南西部デボン州で子供時代と青春時代を過ごした後、看護師と助産師の教育を受けた。戦争中に従軍看護師として働いていたとき、オランダ人男性と知り合って結婚。以後14年間、夫の故郷オランダに住み、病院で働いた。イギリスに戻って仕事を退いた後、よいロマンス小説がないと嘆く女性の声を地元の図書館で耳にし、執筆を決意した。1969年『赤毛のアデレイド』を発表して作家活動に入る。穏やかで静かな、優しい作風が多くのファンを魅了した。2001年6月、惜しまれつつ永眠。

主要登場人物

コンスタンシア・モーリー……………………看護師。

ミセス・ダウリング……………………コンスタンシアの患者。

ドクター・スパーリング……………………ミセス・ダウリングの主治医。

イエルン・ファン・デル・ヒーセン……………………ドクター・スパーリングの友人。医師。

パウル、ピーテル、エリザベス……………………イエルンの甥と姪。

レヒーナ……………………イエルンの姉。子供たちの母親。

リーチェ……………………イエルンの屋敷の家政婦。

タルヌス……………………イエルンの屋敷の使用人。

1

雪が降りはじめていた。羽毛を思わせる雪片はちらちらと音もなく舞い落ちてきて、運河沿いに立ち並ぶ切妻造りの古い家々を、まるでピーテル・デ・ホーホの絵画の中の光景のように変えていた。

窓際に立つ一人の女性が、家の前にかかったアーチ型の小さな橋を行き来する人々を静かに見つめていた。人々は天気がさらに悪くなる前に帰ろうと、急ぎ足で歩いている。彼女は小柄でほっそりしていて、茶色の髪と大きなグレーの瞳をしたかわいらしい女性だった。鼻はわずかに上向きで、口は少し大きめだが魅惑的なカーブを描いている。彼女は幸せそうに見えるが、それは驚くべきことだった。コンスタンシア・モーリーは二十六歳で、そのうち二十年間は孤児として生きてきたのだから、幸せな理由などなにもないはずだった。

コンスタンシアは厳格な未婚のおばに育てられた。しかし、おばは彼女なりのやさしさを持って姪《めい》を育て、きちんと学校へ行かせ、コンスタンシアが看護師になりたいと言ったときも反対しなかった。コンスタンシアが最終試験を受けた一年後におばは他界したが、はるか昔に作った遺言状に姪に対する記載はなく、彼女にはなにも遺《のこ》されなかった。おばのわずかな遺産はさまざまな慈善団体に寄付され、家はコンスタンシアが聞いたこともない遠くの親戚《しんせき》の手に渡り、その人物は不作法なまでに早々とおばの家に移ってきて、さっさとコンスタンシアを追い出した。

そのときからコンスタンシアは勤務先であるロンドン郊外の病院に住みはじめた。おおぜいの同僚たちと一緒で、自由時間は彼女たちと過ごしたが、コンスタンシアには訪ねる家もなければ家族もいなかった。だが、彼女は自分を哀れんだりはしなかった。そんなことをしても人生が楽になるわけではないし、幸運に恵まれれば、いつの日か結婚して家庭を持てるかもしれない。実際のところ、彼女はこの数年間で何回か男性に結婚を申しこまれた。しかし彼らは、好感は持てても夢中になれる相手ではなかった。

二十六歳の誕生日を迎えるころには、コンスタンシアも自分は人生に期待しすぎているのではないかと思いはじめ、わけのわからない焦燥感に駆られた。だから病棟の師長になるのをあきらめ、個人の世話をする派遣看護師として働く道を選んだ。

この半年間で、コンスタンシアはさまざまな患者の看護をした。最初の数週間はスコットランド奥地の大邸宅で過ごし、次は人里離れたウェールズの田舎家で、重い病気の患者と耳の聞こえない老女と三人だけで過ごした。幸い、その仕事はほんの短期間で終わった。それから、いつもお金のことばかり心配しているイングランド中央部の食料雑貨卸売商、ボーンマスの甘やかされた少女、ロンドンのフラットに住むすてきな老婦人などの看護をした。そして今、彼女はオランダにいて、今回の患者はこれまで最悪だと認めざるをえなかった。

コンスタンシアはようやく窓際を離れた。ドクター・スパーリングの乗ったルノーが橋を渡ってくるのが見えた。あと数分で屋敷に着くはずだから、階下に下りて玄関で出迎えなくてはならない。医師を出迎えるというのは患者の細かい要求の一つだった。制服も着なくてはならなかったが、看護の仕事はほとんどないのにばかばかしい話だった。

コンスタンシアが玄関に着くと、年老いたメイドのネルがドアを開けて医師を招き入れていた。

医師は長身で髪の薄い中年男性だった。彼は偉そうな態度で挨拶《あいさつ》をすませると、天気の悪さを話題にした。「なんといっても、二月の終わりだからね」

彼はまるでそれが重要な情報であるかのように言い、コートと帽子を脱いだ。「さて、患者のところまで案内してもらえるかい、看護師さん？」

この一週間、彼は毎日そう言い、コンスタンシアはそのたびにいつもこう答えた。「もちろんです、ドクター」そして、先に立って二階へ向かった。

ミセス・ダウリングは古いストーブのそばに引き寄せた寝椅子に横たわっていた。彼女はひどくやせているが、それは糖尿病とわかるまでかたくなに続けてきた食生活のせいだった。白髪交じりの髪は短い巻き毛で、つねにいらだっているせいで表情は険しく、声は大きくよく通り、偉ぶっていた。

ミセス・ダウリングは医師の挨拶に対して不機嫌そうにうなずくと、すぐに文句を言いはじめた。

「看護師によく言ってちょうだい、ドクター・スパーリング。私は自分で食事の面倒をみられるって」彼女はコンスタンシアの方を見もしなかった。「それからこの頭痛をなんとかして」

ドクター・スパーリングは両手の指先を合わせ、よくわかっていると言いたげな顔をした。そして、ほとんど完璧《かんぺき》な英語で答えた。「あなたの状態では、インシュリンできちんとコントロールしない限りそういう頭痛が起きます。その点は私の指示に従ってください。食事については、看護師ともう一度話し合ってみましょう。それで、今日の気分はどうですか、ミセス・ダウリング？」

患者はしばらく話しつづけたが、それはすべて聞いたことがある話だったので、コンスタンシアはもの思いにふけっていた。明日はミセス・ダウリングがしぶしぶ許可した、週に二度の半休日だ。この町はまだほとんど見ていないから、散策に出かけよう。教会や美術館、古い屋敷、運河、細い小道。デルフトに来る機会は二度とないかもしれない。まずは新教会に行こう、それから市庁舎を見て……。

ミセス・ダウリングが息をつぐために言葉を切ったので、コンスタンシアは思考を現実に引き戻し、まじめに話を聞いているような顔をした。

十分後、コンスタンシアはドクター・スパーリングを見送った。新しい食事のメニューについて話し合い、紙に書き留め、ミセス・ダウリングにも納得してもらった。別れの挨拶をするとき、彼女はほほえみつつもドクター・スパーリングに同情を覚えた。医師として同僚から高く評価され、診療所は繁盛しているらしいのに、ミセス・ダウリングのような手のかかる患者を診なくてはならないなんて気の毒だ。ミセス・ダウリングは指示を無視することなどなんとも思っていないから、彼はまだまだ手をやかされるだろう。実際、医師に説得されて専任看護師を雇うまで、彼女は食事とインシュリン注射に関する指示をまったく守っていなかった。

患者は最初、専任看護師を雇うという考えにのり気ではなかったが、糖尿病性昏睡《こんすい》の初期で幸運にもドクター・スパーリングに助けられて以来、考えを変え、看護師に自分の世話をさせることに満足していた。ミセス・ダウリングにはおおぜいの友人がいて、みんな彼女と同様、厚かましくてブリッジが大好きで、自分より下に見ている相手をいじめる人たちだった。しかし、看護師を雇っている人はだれもいなかったので、コンスタンシアの存在はミセス・ダウリングに大きな優越感を与えているらしい。それでも彼女は満足してはいなかった。コンスタンシアはいつでも冷静な態度を保ち、彼女の意地悪に決して屈しなかったからだ。

派遣会社からは、オランダで働くのはせいぜい二、三週間と言われていたが、もうすでに一週間が過ぎていた。ミセス・ダウリングがこんな状態のままなら、コンスタンシアはもっと長くここにいることになるだろう。分別のある患者であれば、適切な食事とインシュリンの投与によって糖尿病は二週間ほどでコントロールできるようになり、ときおり医師の往診を受けるだけでよくなる。だが、ミセス・ダウリングは分別があるとは言えず、おまけにとても裕福で、金があれば楽に生きていけるという幻想にとらわれている。コンスタンシアは自分の技術や看護を必要としている患者の世話をするのが好きなので、ミセス・ダウリングが自分を雇っている理由を考えるとたまらない気持ちになった。だが、もしコンスタンシアが去ったら、ミセス・ダウリングはおやつにエクレアを食べてインシュリン注射を忘れ、昏睡状態に陥って病院へ運ばれかねない。

コンスタンシアは階上に戻ると、三十分かけてウィーン風カツレツを夕食にはできないとミセス・ダウリングを説得した。

ミセス・ダウリングは不満そうな視線を向けた。

「それ以外になにがあるの？」

コンスタンシアはすぐに候補をあげた。ミセス・ダウリングは最初の料理を却下し、次も断ったが、コンスタンシアがカツレツを許可する気はないとようやく悟ったらしく、薄切りのパルマハムで妥協した。コンスタンシアは料理人にメニューを伝えるためにキッチンへ行き、階上へ戻る途中で再び窓辺に立った。

雪はさっきより強まり、あたりは暗くなりつつあった。橋の向こうに並ぶ店には明かりが灯《とも》っている。温かい格好をして歩きまわったら楽しいに違いない。明日はそうしよう。

翌日の昼には雪もやんで太陽が顔を出したが、まだ寒かった。出かける前にミセス・ダウリングに細かい用事をあれこれ言いつけられたせいで少し遅くなってしまったので、コンスタンシアは急ぎ足で橋を渡ってアウデ・ランヘンダイクに入り、わき道に折れると、新教会に向かってマルクト広場を横切った。その途中で足をとめ、市庁舎を眺めた。それは雪景色の中でとても美しく見えた。建物は十七世紀のバロック様式だが、一部分はもっとずっと古く、今は一般には公開されていないという。コンスタンシアは建物を見ながら体を震わせた。風は冷たく、コートはかなり古いものなのでそれほど温かいとは言えない。彼女は肩をすくめてコートのことを頭から振り払い、さらに歩きつづけた。マルクト広場を渡りきったところで、ドクター・スパーリングの車が新教会の向かい側にとまっているのを見つけた。そばには古い小型のフィアットが無造作にとめてあり、その運転手が車に乗ったままのドクター・スパーリングと話をしていた。近くまでいくと医師は彼女に気づき、威厳たっぷりに手を上げた。

コンスタンシアは車の前まで行って挨拶した。

「こんにちは、ドクター・スパーリング」親しげに言ってから、彼女は思わず声をもらした。「まあ」身をかがめて医師と話していた人物が体を起こし、車の屋根ごしに彼女を見たのだ。その男性はとても大柄で背が高かった。こめかみのあたりに白いものが交じった淡い金色の髪、青い瞳、大きくしっかりした唇と高い鼻。すてきな顔だわ。コンスタンシアは彼に向かってにっこりした。

彼は笑顔もすてきだった。車の屋根ごしに伸ばした腕は長く、手も大きかったが、握手はやさしかった。

「イエルン・ファン・デル・ヒーセンだ」彼の声は深く穏やかだった。

「私はコンスタンシア・モーリー――」

ドクター・スパーリングの気取った声が彼女の声をさえぎった。「ミス・モーリーはミセス・ダウリングの看護をしているんだ」彼は車の窓からさらに頭を突き出した。「午後は自由時間なのかい？」

「今日は半休なので、町を見て歩いているんです、ドクター・スパーリング」今は自由の身であることをうれしく思いながら、コンスタンシアは医師に向かってほほえんだ。それから少し恥ずかしそうに長身の男性に笑いかけた。「では、一分でも時間が惜しいので、これで失礼しますわ、ドクター。それにミスター・ファン・デル・ヒーセン」

通りを渡り、新教会に入っていく彼女を、ドクター・スパーリングはじっと見つめていた。「いい看護師だよ。とても優秀で、誠実で。だが、人生についてもっと真剣に考えたほうがいいかもしれない」

「なぜだい？」長身の男性は尋ね、コンスタンシアの小さな影が教会の中に消えるのを目で追った。

ドクター・スパーリングは咳《せき》払いをしてから厳しい口調で言った。「彼女はもう二十六歳だ」

医師を見おろすもの憂げな青い瞳がきらめいた。

「僕は三十九歳だが、人生を真剣に考えるのはかなりむずかしいな」

ドクター・スパーリングは手元に視線を落とした。

「当然だよ、イエルン。君は三人の子供をかかえ、犬が何匹もいて、あの屋敷があるんだから」その声にはかすかに嫉妬《しっと》の響きがあった。「それに仕事もある」彼はため息をついた。「私はそろそろ行かないと。まだ往診が残っているんだ。また一緒に夕食をとろう」

「電話してくれ」

二人の男性は握手をした。そしてドクター・スパーリングは、友人が大きな体を窮屈そうにフィアットに押しこみ、走り去るのを見送った。

そのころコンスタンシアは、聖歌隊席のステンドグラスやオラニエ家の地下納骨所、オラニエ公ウィレムの霊廟《れいびょう》をじっくり見ながら、さっき会った男性について思いをめぐらしていた。私は彼に好意を持ったし、彼はまるで昔からの知り合いのように私を見ていた……。

コンスタンシアは足をとめ、大きなオルガンに目を向けた。彼はきっと結婚していて、子供もいるだろう。そしてあの車を見る限り、金持ちではない。彼はどんな仕事をしているのだろう？ 奥さんはどんな人だろう？ コンスタンシアは彼のことを頭から追い出し、オルガンに注意を向けようとした。だが、教会のドアに向かっている間にまたイエルン・ファン・デル・ヒーセンの姿が頭に浮かんできた。せっかく一緒にいて気持ちが安らぐような相手だったのに、二度と会うことがないなんて残念だわ。

だが、ドアを抜けて外へ出たとたん、彼の姿が目に入った。彼は少しくたびれた革ジャケットのポケットに両手を突っこみ、マルクト広場を大股で横切ってきた。コンスタンシアに気づくと、彼はすぐに言った。「また会ったね。どこを見てきたんだい？」

「新教会よ」彼に会えて喜びを覚えながら、コンスタンシアはうれしそうに言った。「これから旧教会に行くつもりなの」

「そうか。僕は一時間ほど時間があるから、もしよければ、ステーンと呼ばれる市庁舎の塔に案内するよ。そこはほかの部分よりずっと古く、十五世紀に建てられたんだ。昔は小さな博物館になっていたが、今は人手が足りなくて閉館している。でも、僕は館長と知り合いだから、もし興味があるなら今から見に行こう。旧教会はまた別の日に行けばいい」彼は気さくな口調で尋ねた。「半休は週に何回あるんだい？」

「二回よ。ぜひステーンを見たいけど、あなたは本当に時間があるの？」

「さっき言ったとおり、一時間ある。子供たちのために、四時には家に帰りたいんだ。午後はたいてい往診があるんだが、今日は早く終わってね」

「あなたもお医者さまなの？」コンスタンシアが尋ねると、彼はうなずいた。「お子さんは何人？」

「三人だ。二人は男の子で、一人は女の子さ。だが、僕の子供ではなくて、姉の子だ。姉が数カ月間、外国へ行っているから、僕が預かっているんだ」そして彼がこうつけ加えると、コンスタンシアはばかばかしいくらいほっとした。「僕は結婚していない」

彼女は満面の笑みを浮かべた。「そう。じゃあ、どうやって子供たちの世話をしているの？」

ドクター・ヒーセンは肩をすくめた。「ほんの三、四カ月のことだからね」二人はゆっくりとマルクト広場を横切り、市庁舎へ向かった。「それで、君のほうはどうやってミセス・ダウリングの世話を楽しんでるんだい？」

「彼女を知っているの？」

「ああ。だが、友人としてではない」

「じゃあ、本音を言ってもかまわないわよね？　まったく楽しくはないけど、デルフトにいられるのはうれしいから、埋め合わせにはなっているわ」

「なんの埋め合わせだい？」

「ミセス・ダウリングはちょっと気むずかしい患者なの」コンスタンシアが慎重に言うと、彼は低い声で笑った。

「それはあまりにも控えめな言い方だな。彼女は相変わらず隙《すき》あらば食事のメニューを変えようとしているのかい？」

「ええ」コンスタンシアは足をとめ、彼を見あげた。そして、なんてやさしそうな顔をしているのだろうと思った。「でも、気の毒にも思うわ。彼女はお金持ちで、だからこそみじめなのよ」

ドクター・ヒーセンは彼女に向かってかすかにほほえんだ。「君は金が人をみじめにすると思ってるのかい？」

「本当のところはわからないわ。私はお金持ちではないもの。でも、裕福な人たちはあまり楽しそうには見えないから……」

「金持ちの男と結婚する気はないのかい？」

コンスタンシアはうなずいた。「お金持ちはお金の心配ばかりしているでしょう」

「じゃあ、金がないことは気にならないんだね？」

「ええ」彼女はそこでいったん言葉を切り、真剣な口調で続けた。「こんなふうに話をするなんておかしいわね。まるでずっと昔からの知り合いみたい」

ドクター・ヒーセンはあっさりと言った。「僕は、友情はすぐに生まれると信じている」市庁舎に着くと、彼はコンスタンシアを促してドアを抜け、大理石のロビーに入った。ドアの正面には大きな階段があり、壁には小さなドアがいくつもあった。ドクター・ヒーセンはその一つをノックして頭を突っこみ、部屋にいる人物に話しかけた。コンスタンシアは自分には理解できない言葉での会話を辛抱強く聞きながら、少しでも意味がわかればいいのにと思った。もっと長くここにいるつもりなら、オランダ語を勉強したほうがいいかもしれない。

やがてドアから髭《ひげ》を生やした年配の男性が顔をのぞかせ、彼女に向かってほほえみ、うなずいた。それから再び顔を引っこめた。

「見てまわっていいそうだ」ドクター・ヒーセンは言った。

階段を上がると、彼はコンスタンシアを会議室へ案内し、彼女が窓からの景色に感嘆している間、のんびりと待っていた。そのあと壁にかかっているオラニエ家一族の肖像画を彼女と一緒に見てから、結婚式用の部屋へ案内した。コンスタンシアは尋ねた。

「みんなここで結婚しなくてはならないの？」

「ああ。さもないと法を犯すことになる」

「教会は？　私はここで結婚する気にはなれないわ」

ドクター・ヒーセンはかすかにほほえんだ。「教会で結婚する人もたくさんいるよ。二度結ばれる、といってね」彼はコンスタンシアの腕に手をかけた。「さあ、ステーンを見に行こう」

彼はゆったりした口調で、ステーンは小さな博物館になっていたが、当分の間、閉館していることや、ここの収蔵品はこの地の法律に関するものであることを説明してくれた。ようやく市庁舎を出たとき、彼が尋ねた。

「紅茶でもどうだい？　マルクト広場の向こう側に小さな店があるんだ」

ドクター・ヒーセンの穏やかな笑顔を見て、コンスタンシアは再び、彼はなんてすてきな人なのだろうと思った。「ぜひそうしたいけど、時間はある？」

「ああ。診察は五時半からだから」

「子供たちは？」

「放課後はきっと友達と遊んでいるだろう」

コンスタンシアは彼に向かってにっこりした。「そういうことなら」マルクト広場を歩きはじめると、彼女は楽しそうに言った。「本当にすてきな休日になったわ」

ドクターも笑顔で応じた。「自分の故郷に興味を持ってくれている人を案内するのは楽しいものさ」

やがて店に着くと、二人は紅茶を頼み、コンスタンシアはクリームののったケーキをおいしく食べた。

「ミセス・ダウリングはこういうものを絶対に食べてはいけないの。それに私も彼女と同じものを食べなくてはならないのよ」

ドクター・ヒーセンは驚いたようだった。「だが、彼女の食事は糖尿病患者向けのものだろう？」

コンスタンシアはうなずいた。「ええ。もちろん私は紅茶やコーヒーにはお砂糖を入れるけど、ケーキやビスケットやプリンは禁止よ」ドクターがオランダ語でなにかつぶやいたので、彼女は重々しい口調で言った。「なにか無作法なことを言ったのね」

彼は笑った。「ああ。もう一つケーキをどうだい？　君は炭水化物が不足しているはずだ」

コンスタンシアはおいしそうな二つめのケーキにフォークを刺した。「私ったら食いしん坊ね。あなたはなにも食べていないのに」ふいにコンスタンシアの頭に、彼は貧しいのかもしれないという考えが浮かんだ。三人も子供がいれば食費もかさむだろうし、彼の車はかなり古かった。しかし一方で、彼が革のジャケットを脱いだとき、その下に着ているグレーのスーツがとても上等な生地で、仕立てもすばらしいことに彼女は気づいていた。とはいえ、こんなに大柄では服はあつらえるしかないだろうし、患者の前に出るには仕立てのいい服を着る必要もあるだろう。コンスタンシアは心配になり、思わず言った。「紅茶をごちそうしてくれるなんて、あなたは親切ね。私たちは出会ったばかりで、古い友人でも長く会っていなかった友達でもないのに」

ドクター・ヒーセンはもの憂げにほほえんだ。「僕たちはすぐに古い友人同士のようになれると思うよ。奇妙な話だが、僕は君のことをずっと前から知っていたような気がするんだ」

「不思議ね。私も最初に会ったときにそう感じたの。以前会ったことがあるのに、思い出せないだけかもしれないわ」彼女は二人のカップに紅茶をついだ。「あなたはロンドンに行ったことはある？」

「ああ。ときどき行くよ」

「じゃあ、そのときに会ったことがあるのかもしれないわね。セント・アン病院は大きくはないけれど、欠乏性疾患と糖尿病の治療では有名なの」

「君はその病院へ戻る予定なのかい？」

コンスタンシアはかぶりを振った。「いいえ、お金をためるために一年間、派遣看護師をして、それからカナダかニュージーランドに行くつもりよ」

「ご家族は心配しないのかい？」彼は尋ねた。

「家族はいないの。両親のことはかすかに覚えている程度よ。おばが私を育ててくれたんだけど、数年前に亡くなったわ。ほかに親類はいないの」

「ボーイフレンドも？」

「ええ」

ドクター・ヒーセンは椅子にもたれ、考えこむように彼女を見つめた。「驚いたな。君は男性に魅力を感じないのかい？」

コンスタンシアは笑った。「もちろん、感じるわ。今まで結婚したいと思う相手と出会わなかっただけよ。でも、いつかは出会えると信じてるわ」

「僕もそうであることを願ってるよ。それまではミセス・ダウリングに耐えるしかないな」

コンスタンシアはケーキの最後の一口を味わってから言った。「さて、私はもう行かないと」

「半休なんだろう？　好きなだけ出かけていていいんじゃないのかい？」

「ええ、もちろん。ミセス・ダウリングのところへ戻るつもりはないわ。ワローン教会でオルガンのリサイタルがあるから、それに行こうと思ってるの」

コンスタンシアは手袋を手に取ってはめた。「楽しい午後だったわ。本当にありがとう、ドクター・ファン・デル・ヒーセン」

だが、そのあとの時間は退屈に感じられた。コンスタンシアは長い間ずっと明るく孤独に向き合ってきたが、今は寂しさを覚えた。きっとこれまであんなに気のおけない人物に出会ったことがなかったからだわ。夜、寝る支度をしているとき、彼女はそう思った。これからはなるべく彼と顔を合わせないように気をつけよう。彼が親切にしてくれたのは、私がデルフトに不案内だったから、そして彼が自分の街を見せたかったからだ。彼とはとてもいい友人になれるだろう。コンスタンシアは半分眠りながら考えた。見知らぬ男性との純粋な友情なんて、めったにないものよ……。

コンスタンシアは目を閉じ、満足して一日を振り返っていたが、ミセス・ダウリングが鳴らすベルの音で再び目を開けた。彼女はあくびを噛《か》み殺してガウンをはおり、患者の部屋へ向かった。彼女が半休を取ったあと、ミセス・ダウリングは必ずベルを鳴らす。きっと自由時間の埋め合わせをさせるつもりなのだろう。コンスタンシアはかわいらしく顔をしかめ、ドアを開けた。

「眠れないの。紅茶が欲しいわ。今日はどうだった?」ミセス・ダウリングが言った。

「ええ、すばらしい午後を過ごしました」コンスタンシアは幸せそうに答え、紅茶をいれに行くために部屋を出た。

2

三日後、とても寒い日曜日の午後に、コンスタンシアはドクター・ファン・デル・ヒーセンに会った。ミセス・ダウリングにとっては、この日に看護師に半休を与えるのは都合がよかった。日曜日は紅茶を飲みながら友達とブリッジをするので、相手をしてくれる者は必要ないからだ。

コンスタンシアはコートに身を包み、散歩に出かけた。セントラルホテルででも紅茶を飲み、そのあと家に戻ってきて手紙を書き、買っておいたオランダ語の慣用句集に目を通そう。散歩に飽きたら、五時まで開いている博物館も二つある。

ニーウ・プランターへに向かっているとき、コンスタンシアはドクター・ヒーセンがこちらに歩いてくるのに気がついた。彼は一人ではなかった。幼い子供が三人、彼のまわりをはねまわっていて、毛の長い立派なシェパードが二匹、彼のうしろを歩いていた。リードにつながれた白と黒の雑種らしい小型犬も走りまわっている。

「半休かい？」コンスタンシアの近くまでくると、ドクターは足をとめて尋ねた。

「ええ。今日の午後はミセス・ダウリングはブリッジなの」

「僕たちはちょうど今、なにかいいことが起きそうだと話していたんだ。そこへ君が現れた」

「まあ」コンスタンシアは思わずつぶやいた。「そんなことを言ってくれるなんてやさしいのね」

「パウルとピーテル、九歳と七歳だ」ドクターは二人の男の子を紹介した。「そしてエリザベス、彼女は五歳だよ」

子供たちはにっこりして、コンスタンシアと握手をした。愛嬌《あいきょう》があって、こぎれいな子供たちだった。彼はどうやってこの子たちの世話をしているのだろうと、コンスタンシアは思った。

「次は犬だ。ソリーとシバ、それからこれは……」彼は自分の靴にじゃれついている犬を指さした。「プリンスだ」

コンスタンシアは三匹の頭を撫《な》で、こんにちはと挨拶《あいさつ》した。ドクターはそのようすをじっと見ていた。

「よし、これでもう全員紹介した。僕たちは日曜日の午後のいつもの散歩から帰るところなんだ」彼はそこで少し間をおいてから言った。「引きとめたら悪いね。自由時間は貴重だろうから」

コンスタンシアは口ごもりながら同意の言葉をつぶやいた。ドクター・ヒーセンや子供たちや犬と一緒に過ごすのは大歓迎だと、自分自身に対してさえ認める気はなかった。彼女は陽気にさよならを言い、まるで目的地があるかのように歩きだした。

そして、まわりも見ずに歩きつづけた。今ごろ彼らは家に着いているだろう。車から察するに、小さくて粗末な家に違いない。だが、中は居心地がよく、彼らは火のそばで紅茶を飲み、ジグソーパズルをしたり絵を描《か》いたりするのだろう。ドクターは椅子に座って子供たちの絵を褒め、ジグソーパズルを手伝ってくれと頼まれるまでは読書をして……。なにか別のことを考えよう。こんな想像をしていると寂しくなる。それに、急いで街の中心に戻らないと、博物館が閉まってしまうだろう。開いているカフェがあったら、そこで紅茶を飲もう。

カフェは見つからなかったが、エリザベス・パウが設立した救貧院を見つけた。小さな中庭を持つその建物は古くて静かで、寒い三月の午後でも見てまわる価値があった。グラティエの設立した救貧院も近くだったので、ついでに見に行った。マルクト広場へ戻る道を歩きだしたころには、博物館はもう閉まる時間だった。だからかわりにセントラルホテルへ行き、コーヒーを飲んだ。

一時間後、コンスタンシアが戻ったときには、屋敷は静まり返っていた。ミセス・ダウリングに気づかれないように、彼女は慎重に自分の部屋へ向かったが、踊り場に着いたところで無情な声が響いた。

「コンスタンシア？　こっちに来てちょうだい」

コンスタンシアはため息をつき、ミセス・ダウリングの部屋へ向かった。入っていくと、患者は本から顔を上げて不機嫌そうに彼女を見た。

「あんたが外でなにをしているのか、まったくわからないね。屋敷にいればいいじゃないか」

「デルフトの街を歩くのはとても楽しいですわ」

「ふん。それで、ここでだれに会っているんだい？」ミセス・ダウリングは意地の悪い笑みを浮かべた。「だれかと約束しているんだろう。顔を見ればわかるよ」

「いいえ、ミセス・ダウリング、約束をしてだれかに会ってなんかいません。今日は確かに人に会いましたが、挨拶しただけです」

「だれに会ったんだい？」患者は鋭く尋ねた。

「ドクター・ファン・デル・ヒーセンです。何日か前に、ドクター・スパーリングと一緒にいる彼に会ったんです」

「あの男は金がないよ」ミセス・ダウリングはわざわざ言った。

コンスタンシアはかすかに軽蔑《けいべつ》の色が浮かぶグレーの瞳で相手をじっと見つめた。「彼は一生懸命働いている医師です。お金よりその事実が重要なのではありませんか？」

患者は品のない声で笑った。「三人の子供に服や食べ物を与えることが、なんの役に立つんだい？彼のことはよく知らないが、ドクター・スパーリングの話を聞く限り、あの男は貧乏だよ。だから彼に色目を使ってもむださ」

怒りのあまりコンスタンシアの顔は青ざめたが、彼女は冷静に言った。「よろしければ、まだ半休が一時間ほど残っています。手紙を書きたいんです。では、おやすみなさい」

「お上品ぶって！」患者は吐き捨てるように言った。

そのあとはひどい気分だった。コンスタンシアはキッチンに行って質素な夕食をとり、早めにベッドに入った。そして、ドクター・ヒーセンのことを考えないように必死に努力した。

翌日の午前中、ドクター・スパーリングがやってくると、ミセス・ダウリングが頭痛を訴えたので、コンスタンシアは処方された薬を薬局まで取りに行くことになった。「薬局は橋を渡ってすぐのところだ」ドクター・スパーリングは彼女に言った。

ミセス・ダウリングはダイヤモンドがちりばめら

れた腕時計をちらりと見て言った。「さあ、さっさと行っておくれ。ドクター・スパーリング、あなたは私の食事のことをもう少し考えてちょうだい。私はもっといろいろなものを食べたいの」

コンスタンシアは部屋を出ながら医師に同情した。十分間、あの患者から離れられるだけでもありがたい。彼女はすばやくコートをつかんで家を出た。

薬を受け取り、橋を渡ろうとしたところで、ある建物から鞄《かばん》を持ったドクター・ファン・デル・ヒーセンが出てきた。

「おはよう」彼はにこやかに言った。「今日はこんな早い時間から休みなのかい？」

コンスタンシアは古い友人に会ったような気分になり、ほほえんだ。「いいえ、ミセス・ダウリングの薬を取りに来たの。ドクター・スパーリングがすぐにのませたいというので。だから急がないと」

ドクター・ヒーセンは彼女の行く手をはばむように立っていたが、よけようとはしなかった。

「急ぐのはよくない。医師として、今いる場所に二分間とどまっているように指示するよ。少しおしゃべりをしよう。この前の半休は楽しんだかい？」

「ええ。エリザベス・パウの建てた救貧院を見学して、その近くにある別の救貧院も見に行って、セントラルホテルでコーヒーを飲んだわ」

それでもコンスタンシアの顔に残念そうな表情が浮かんでいるのを見て取り、ドクターはやさしく尋ねた。「そのあとはどうしたんだい？」

「屋敷に戻ったら……」コンスタンシアはミセス・ダウリングの言葉を思い出し、顔を赤らめた。

「患者が待ちかまえていたのかい？」彼は促した。

「ええ、彼女ったら……でも、そんなことはどうでもいいわ」コンスタンシアはほほえんだ。「私は本当にもう行かないと」

ドクター・ヒーセンは彼女と歩調を合わせ、一緒に橋を渡った。「次の半休はいつだい？」

「木曜日よ。その日は市が立つんでしょう？　露店を見てまわって楽しもうと思ってるの」

ドクターは軽く彼女の腕をつかんで引っぱり、にぎやかな通りを渡った。「僕も半休なんだ。だから一緒に市を見てまわらないか？」

二人はセントラルホテルのコーヒールームの外の歩道で足をとめた。窓の向こうにはおおぜいの客がテーブルについていて、道行く人々を眺めていた。

「まあ、ぜひそうしたいわ」コンスタンシアは子供のように喜んで言った。「でも、あなたは退屈なんじゃない？」

「いや、そんなことはない。君と一緒だと楽しいよ」ドクター・ヒーセンは親しげにほほえみ、気さくな口調で続けた。「ここで待ってる」

「じゃあ、二時に」コンスタンシアはきっぱりと言ってから、つけ加えた。「友達がいるのがどんなにすばらしいことか、あなたにはわからないでしょうね」

「君は僕のことを友達だと思ってるのかい？」その声には穏やかな好奇心が感じられた。

「ええ。かまわないでしょう？」

「うれしいよ。握手しよう」二人が握手をすると、ガラスの向こうの好奇心に満ちたいくつもの顔がにっこりしたが、二人とも気づかなかった。

そういうわけでコンスタンシアは屋敷に戻るのが遅くなった。ミセス・ダウリングがそのことで文句を言いつづけたので、ベッドに入るころにはコンスタンシアは頭痛がしていた。でも、そんなことは気にならなかった。木曜日はもうすぐなのだから。

木曜日は明るい日差しのおかげで春の気配が感じられる日だったが、相変わらず風は冷たかった。コンスタンシアは急いで身支度をすると、居間でブリッジの友達を待っているミセス・ダウリングに用事を言いつけられないうちに、急いで屋敷を出た。

ドクター・ヒーセンは冷たい風の中に立っていたが、待たされたことは気にもしていないようだった。挨拶をすませると、コンスタンシアはすぐに言った。

「ごめんなさい、遅くなってしまって」そして、さらに続けた。「あなたは本当に市を見てまわってもかまわない？」

ドクターはうなずいた。「かまわないよ。だが、三時半か四時には戻らないと。そのころには子供たちが帰ってくるから」

二時間もないわ。コンスタンシアは残念に思ったが、そんな自分をたしなめた。二時間あればじゅうぶんよ。一緒に行ってくれる人がいて幸運だわ。

市場は人であふれていた。ふくらんだ籠《かご》を持った主婦や、なにも買わずに品物を眺めるだけの老人、大人の間をぬうように歩く子供。野菜や果物の店だけでなく、肉屋や魚屋、家庭用品を扱う店、チーズ専門店、鮮やかな色の服やエプロンを売る店、昔ながらのコルセットやブラジャーを並べている店もあった。コンスタンシアはその光景に目を奪われた。

「本当に広くて、いろいろな店があるのね」彼女は隣に立つ男性に向かって言った。「だれがああいうものを買うのかしら？」

ドクター・ヒーセンは彼女に向かってほほえんだ。

「それがわかるほどここに長居したことはないが、大繁盛しているのは確かだ」

コンスタンシアはくすりと笑った。「ここはとても楽しい場所ね。それに、あの花を見て。まだ三月なのに薔薇《ばら》やライラック、フリージア、チューリップもあるわ」

「だが、花市場はここではなくて、向こうの運河沿いにあるんだ。もうすぐ着くよ」

花市場は決して見逃せない場所だった。運河沿いにずらりと店が並び、さまざまな春の花があふれている。コンスタンシアは立ちどまって花の香りを吸いこみ、声をあげた。「まあ、こんな光景は見たことがないわ。一年じゅうこんなふうなの？」

「ああ、真冬でもね」ある露店の前で足をとめると、ドクター・ヒーセンは店主に声をかけた。店主はほほえみ、水仙やチューリップで色とりどりの花束を作った。ドクターがそれを受け取って自分に差し出したので、コンスタンシアは驚いて声をあげた。

「私に？　こんなにたくさん？　うれしいわ！」

店を離れるときにドクターが紙幣を渡すところを、コンスタンシアは見ずにいられなかった。かなりの額だ。あのお金があれば、子供たちに温かい靴下を買ってあげられただろうに……。

だが、ドクター・ヒーセンはお金を使ったことなどまったく気にしていないようすでコンスタンシアの腕を取り、歩きだした。そして運河の終わりまで来ると、アウデ・デルフトに続く細い道へ入った。

「紅茶をどうだい？」彼は尋ねた。「僕の家はこの近くなんだ」

この近くとはどのあたりだろうと、コンスタンシアは思った。運河の両岸にある建物は博物館やお金持ちの屋敷などで、どれもとても大きい。だが、その疑問はまもなく解決した。ドクター・ヒーセンがアーチ型の小さな橋を渡り、漆喰《しっくい》塗りでロココ調の装飾がほどこされた、貴族の住むような屋敷の重厚なドアの前で足をとめたからだ。

「ここ？」コンスタンシアは信じられない思いで尋ねた。

ドクター・ヒーセンは鍵《かぎ》を取り出し、彼女の方を見た。「そうだ」

「あなたはここに住んでるの？　私はてっきり……フラットだとばかり……」

「いや、一軒家だよ。ここの持ち主が住んでいいと言ってくれているんだ」

「なんて親切な方かしら。きっと親戚《しんせき》の方なんでしょうね」コンスタンシアは再び楽しい気分になり、軽い足取りでドクター・ヒーセンの横を通り過ぎて玄関広間に入った。さっきは一瞬、彼がこの屋敷の持ち主なのかと思った。そこは本当に荘厳な屋敷だった。正方形の大きな玄関広間の床は白い大理石で、その上に薄いシルクの敷物が敷かれている。正面には精巧な彫刻がほどこされた階段がそびえ、家具や調度品は博物館で見るようなものばかりだ。だが、雰囲気は博物館とはかけ離れていた。人が住み、よく手入れされているのがわかる。この玄関広間だけでも掃除するのは大変なはずだ。どうやって手入れをしているのだろうと思い、コンスタンシアは尋ねた。「お手伝いさんはいるの？」

ドクター・ヒーセンは最初驚き、やがて楽しげな顔をしたが、慎重に答えた。「ああ、とても親切な女性で、リーチェというんだ。だが、今日の午後はいない。さあ、そろそろ子供たちが帰ってくるな」彼は重厚なドアをうしろ手に閉めた。「ああ、ここにソリーとシバとプリンスがいる。キッチンには猫もいるんだ」ドクター・ヒーセンは犬に話しかけてから、コンスタンシアに言った。「さあ、コートを脱いで」彼はコートを受け取ると、壁際にある椅子の上に置き、自分もコートを脱いでその上にほうった。「居間に行こう」

居間は広々としていて、窓には見事なブロケードのカーテンがかかり、磨きあげられた木の床には高級な敷物が敷かれていた。だが、大きな安楽椅子や座り心地のよさそうなソファ、小さくて優雅なテーブルのおかげで、どこかくつろげる雰囲気が漂っていた。本棚や、積んである子供たちの漫画や、やりかけのモノポリーも置いてある。コンスタンシアは感嘆したように息を吐き出した。

「美しいわ。それに家具もすばらしい。この屋敷の持ち主は喜んであなたにここを貸してくれているの？」ドクター・ヒーセンの顔に不可解な表情がよぎり、コンスタンシアはあわてて続けた。「そういうつもりで言ったわけでは……。私は子供たちのことを考えていたの。子供が三人もいたら、どんなにお行儀がよくても、ものを壊したり指の跡をつけたりするから……」

ドクターの顔からさっきの表情は消えていた。彼は気軽に言った。「ここの持ち主は文句は言わないよ。子供が好きなんだ。それに、あの子たちは行儀がよくて、なにかを壊したりしないと彼も知っている。階上《うえ》には広い遊び部屋があって、そこならどんなに暴れてもかまわないと言われているんだ」

「いい人なのね」コンスタンシアは再び部屋を見まわした。「彼自身もいつかここに住みたいと思っているでしょう。もっと年を取ったらそうするんじゃないかしら。家が二つあるなら、とてもお金持ちに違いないわね。彼は結婚しているの？」

ドクター・ヒーセンは身をかがめ、プリンスの耳をかいてやっていた。「いや、彼はとても寂しい男なんだ」

コンスタンシアの愛らしい顔に同情の色が浮かんだ。「まあ、お気の毒に。彼にも家族がいればいいのに。孤独というのはひどくつらいものよ」

ドクター・ヒーセンは彼女の言葉を繰り返した。「ひどくつらいもの、か……」

「きっとこの屋敷の持ち主は、ここが家族で住むための家だと感じたんでしょう。あなたの……おじさんかしら？」コンスタンシアは問いかけるように彼を見た。「親戚の方？」

ドクターはうなずいた。「ああ。僕の血縁者だ」

「そう。きっと彼はこの家をとても愛しているから、ここに子供がいることを喜んでいるんでしょうね」

「たぶんね。さあ、子供たちが帰ってくるよ。屋敷の裏庭の小さなドアから入ってくるんだ」

子供たちは笑っておしゃべりをしながら、いっせいに部屋に入ってきた。そして、ドクター・ヒーセンに駆け寄ってただいまを言い、コンスタンシアにはまた会えてうれしいと挨拶した。ドクターは子供たちの絶え間ないおしゃべりをさえぎり、英語できっぱりと言った。

「紅茶の前に手を洗いなさい。キッチンに支度がしてあるから」

パウルとピーテルは目配せをしていたずらっぽい表情を浮かべ、エリザベスはオランダ語でなにかまくしたてた。ドクター・ヒーセンが今度はオランダ語でなにか言うと、子供たちは声を揃《そろ》えて答えた。

「はい、イエルンおじさん」それから部屋を飛び出していった。

子供たちが笑い声をあげて廊下を歩いていくと、ドクター・ヒーセンは言った。「うるさいのは気にしないでくれ。英語で話すといつも大騒ぎなんだ」

コンスタンシアはくすりと笑った。「あなたも手いっぱいなんじゃない？　でも、本当にかわいい子供たちね」

その日の夜、寝る支度を終えたコンスタンシアは、家じゅうからかき集めた花瓶や器に差した花を眺め、一日を振り返っていた。予想していたよりずっと楽しくすてきな一日だった。市場も興味深かったが、ドクター・ヒーセンと三人の子供たちとのお茶の時間がとても楽しかった。五人は窓から裏庭が見渡せる広々としたキッチンの大きなテーブルにつき、紅茶を飲んだ。バターやジャムが塗られたパン、大きなケーキなどを見て、コンスタンシアは子供のころのお茶の時間を思い出した。彼女がそう言うと、オランダ風のお茶は本来こういうものではないとドクターは説明した。こちらでは小さなカップにつがれたミルクなしの紅茶に、ビスケットやチョコレートをつまむ程度だが、子供たちは学校から帰ってくるとおなかをすかせているので、お茶の時間にしっかりしたものを食べさせ、必要なら寝る前に軽い夕食をとらせているという。

紅茶を飲んだあとは食器を洗い、階上に行って子供たちが寝る時間までモノポリーをした。コンスタンシアはエリザベスの寝る支度を手伝ってやってから、階下に戻った。ドクター・ヒーセンは居間にいて、暖炉の前のテーブルにはコーヒーをのせたトレイが置いてあった。チキンパイとソーセージをはさんだパンもあったので、だれが作ったのかとコンスタンシアが尋ねると、リーチェだという答えが返ってきた。二人は夕食にそれを食べた。

だが、ドクター・ヒーセンにはきっと片づけるべき仕事が山ほどあったはずだ。コンスタンシアはベッドの端に座って丁寧に髪をとかしながら心配になった。そして、ベッドに入ったあとも彼について考えをめぐらせていた。

ミセス・ダウリングはドクター・ヒーセンが貧乏だと言っていたが、コンスタンシアは気にしていなかった。一人の人間として彼のことをもっと知りたかった。彼はたくさんの患者をかかえているのだろうか？　あの子供たち以外の家族は姉だけだろうか？　彼の人生にかかわる女性はいるのだろうか？　コンスタンシアはベッドで体をまるめ、その女性の姿を思い描こうとした。きっと特別な女性に違いない。彼の相手はそういう女性でなくては。あんなにすてきな男性に会ったのは初めてだ。彼は何歳なのだろう？　もしこれから何度も顔を合わせるようだったら、尋ねてみよう。でも、私はいつまでここにいることになるだろう？　そう思うとコンスタンシアは不安になった。ミセス・ダウリングはこれまでの患者と違い、本当は看護師などまったく必要ない。

自分でインシュリン注射を打つ方法を習い、きちんと食事制限をすればそれですむのだ。だが、コンスタンシアはいつのまにか、もう少しの間、必要とされていたいと願っていた。本来の看護の仕事がないのは退屈だし、ミセス・ダウリングはこれまでで最悪の患者ではあるが。

その事実を証明するかのように、翌朝のミセス・ダウリングはひときわ手がかかった。彼女は朝食を食べようとせず、注射のときはひどく痛がった。ブリッジをするのにいちばんいい相手がイギリスへ行ってしまったせいで、彼女は機嫌が悪かった。おまけに間違った新聞が届けられた。

コンスタンシアはインシュリン注射と血糖値の記録をつけるのに忙しかったが、ミセス・ダウリングはその仕事を中断してすぐにいつもの新聞をもらってくるようにと言った。「ついでに、ヘリトストラートの手芸屋に行って、注文しておいた刺繍《ししゅう》用のシルクが届いているかきいてきてちょうだい」彼女は不機嫌そうにつけ加えた。「今すぐに」

コンスタンシアは部屋を出ながらほっとした。これでドクター・スパーリングに電話をかけ、ミセス・ダウリングの血糖値がまた不安定になっていることを報告できる。数値が安定しない理由は、医師の治療が間違っているか、ミセス・ダウリングが食べてはいけないものを食べたかのどちらかだろう。

近くのホテルに電話があったので、コンスタンシアはドクター・スパーリングの秘書に伝言を残し、新聞販売所に向かった。そして新聞を受け取り、刺繍用のシルクを買い、店が並ぶ通りを抜けたところで、ドクター・ファン・デル・ヒーセンが以前見かけたときと同じ建物から出てくるのにでくわした。

「サボってるのかい?」ドクターは尋ねた。

コンスタンシアは笑った。「いいえ。配達されなかった新聞をもらいに行って、ミセス・ダウリングが注文した手芸用品を受け取ってきたの」

彼女の横を歩きだしたドクターは穏やかに言った。

「なぜ彼女は自分でそういうことをしないんだ？」

「それは……」コンスタンシアはためらった。「あなたに話してもいいのかしら？　それとも、それは倫理に反することかしら？」

ドクター・ヒーセンはコンスタンシアを見おろしてほほえんだ。「問題ないと思うよ。ドクター・スパーリングと僕は昔からの知り合いだから。なにかあったのかい？」

「ドクター・スパーリングの秘書に伝言を残したんだけど、ミセス・ダウリングの血糖値が安定しないの。本当はもう安定してもいいはずなのに」

「そうか。チーズの固まりか、チョコレートバーというところかな？」彼は落ち着いた口調で言った。

二人は日差しを浴びながらのんびりと橋を渡った。

「ところで、君が今度はいつお茶に来てくれるか、子供たちが知りたがっていたよ」

「あの子たちが？　なんてかわいいのかしら」

「次の半休はどうだい？」

「ええ、ぜひ。四時ごろでどうかしら？　水曜日なんだけど」

「診察は三時半までだから、そのころ来てもらえるかい？　ノックしても返事がなかったら、中に入ってくつろいでいてくれ」

「かまわなければ、キッチンに行ってお茶の支度をしているわ」

「それはありがたい」

二人はホテルの前で足をとめた。

「もう行かないと」コンスタンシアは残念そうに言った。

「じゃあ、また」

彼女はドクター・ヒーセンがアウデ・デルフトの方へ歩いていくのを見送ってから、ゆっくり歩きはじめた。人生というのは本当にすばらしい。ネルがドアを開けてくれるのを待っている間、コンスタンシアはそう思った。だが、それもミセス・ダウリングの部屋に入るまでのことだった。

「やっと帰ってきたね！」患者の耳ざわりな声はいらだちのせいでさらに甲高くなっていた。「ずいぶん時間がかかったじゃないか」

「三十分もかかっていませんわ」コンスタンシアは静かに言った。新聞とシルクを釣銭と一緒にテーブルに置くと、ミセス・ダウリングは身を乗り出して真剣に金を数えてから、鋭く尋ねた。

「だれかに会ったのかい？」

「ドクター・ファン・デル・ヒーセンに」

ミセス・ダウリングの唇が嘲《あざけ》るようにゆがんだ。

「彼のことが好きなのかい？　言っただろう、あの男は貧乏だって。そういう噂《うわさ》だよ。それに面倒をみなくてはならない子供が三人もいるんだ。まったくばかな男さ！」

その言葉はコンスタンシアの神経を逆撫《さかな》でしたが、患者にそれを悟らせるつもりはなかった。「彼はお金よりも子供が好きなんでしょう。そういう人もいますわ」

ミセス・ダウリングは彼女に不満げな視線を向けた。「ばかばかしい。あんたは生意気だね」

コンスタンシアはその言葉を聞き流して尋ねた。

「サラダにはチーズかハムを入れますか？」

「どちらもいらないよ。ほかのものを考えておくれ。そのためにあんたに金を払っているんだろう？　あじけない食事なんてうんざりだ。お昼はクリームソースのかかった子牛のエスカロップがいいね」

「糖尿病性の昏睡《こんすい》に陥りますよ」コンスタンシアは冷静に言った。「食事制限は必要だと思います、ミセス・ダウリング。症状が安定してきたら、ドクター・スパーリングもいろいろな食事を許可してくれるでしょう。昼食の準備ができたか見てきてから、注射を打ちますね」

コンスタンシアが部屋を出ていこうとしたところで、ミセス・ダウリングが背後から声を張りあげた。

「あの医者と会うために休みが欲しいというのかい？　彼はコーヒー代も払えないだろうよ」

コンスタンシアは患者になにか投げつけてやりたい衝動を必死に抑えこみ、黙って部屋を出たが、キッチンに向かう間にひそかに悪態をついた。

水曜日の朝がくると、コンスタンシアはベッドから飛びおり、まだ少し寒いけれどいい天気だわと思いながら、患者のさまざまな要求に応じる準備を始めた。昼近くに呼び鈴が鳴り、ネルに案内されて客が現れた。ハンサムではあるがなんとも活気のないその若い男性は、うれしそうにミセス・ダウリングを抱き締めた。

「私の甥《おい》のウィリー・カクストンだよ。彼がデルフトに来たときには一緒に昼食をとるんだ」ミセス・ダウリングは簡潔に説明してから、コンスタンシアを顎で示した。「私の看護師よ」

コンスタンシアはそっけなく挨拶した。ミセス・ダウリングに名前などないかのように扱われたことと、甥の男性も彼女の名前を尋ねる気もないらしいことに腹が立ったからだ。

「ミスター・カクストンに飲み物を持ってきて」ミセス・ダウリングは命じた。「それから昼食のようすを見てきてちょうだい」

もう一時近くだった。今日は半休のはずなのになかなか抜け出せず、コンスタンシアはいらだった。

昼食の最中、ミセス・ダウリングはコンスタンシアに、甥に二時間ほど街の名所を案内してまわるようにと告げた。

「私は今日、半休です。それに約束があるんです」

「ばかばかしい。どんな約束があるんだい？」彼女の雇主は鋭く目を細めた。「例の医者と出かけるんだね？　待ってもらえばいいじゃないか。ミスター・カクストンは四時にここを発《た》つから、そのあとは好きなように過ごせばいい」

コンスタンシアは断ろうとした。だが、ウィリー・カクストンにおばの希望を叶《かな》えてほしいと哀れっぽく頼まれると、やさしい彼女は断れなかった。「三時半までですよ」しぶしぶ言い、彼女は外出の支度をした。

ウィリーは扱いにくい男性で、デルフトの街にも美しい建物にもまったく興味を示さなかった。さらに彼は、おばが自分に大金を遺《のこ》してくれるのでなければ会いになど来ないと打ち明けた。コンスタンシアはそれを聞いていっそう彼のことが嫌いになった。彼は見た目がいいだけの男性だ。ウィリーがまったく興味を持っていないと知りつつも、彼女は次から次へ教会を案内してまわり、美しい建物を指さした。

そして内心いらだちながら、彼が早めに切りあげてくれないだろうかと思った。もう三時を過ぎた。これではドクター・ヒーセンとの約束の時間に間に合わない。

車をとめていたマルクト広場の端で、コンスタンシアがさっさと出発するためにウィリーをせかしていたとき、ドクター・ファン・デル・ヒーセンのフィアットがゆっくりと横を通り過ぎていった。彼は二人に気づいたが車をとめず、お茶に誘ったことなど完全に忘れているかのように無表情に彼女を見ていた。

運悪く、ちょうどそのときウィリー・カクストンがコンスタンシアの手を取って真剣に彼女の顔を見つめた。すばらしい午後だったとおばに伝えてほしい——彼はそう頼んだだけだったが、コンスタンシアはドクター・ヒーセンの車をとめ、事情を説明したくなった。

ウィリーのことなどそっちのけで、コンスタンシアはフィアットが角を曲がって消えるのを見ていた。もうお茶に行く気にはなれない。ウィリーを帰らせるために必死になっていたのに、ドクター・ヒーセンには、彼の相手をするほうが楽しいからお茶の約束をすっぽかしたと思われただろう。

ウィリーに手を振って歩きだしたコンスタンシアは、ドクター・ヒーセンの家に電話するべきか、それともとにかく彼の家に行くべきか迷った。だが、さっきの無表情な彼の顔を思い出すと、どちらもする気にはなれなかった。短い手紙を書こう。彼女はマルクト広場近くの小さな店で紅茶を飲みながら、頭の中で文面を考えた。それからしばらく歩き、軽食堂で夕食をとり、再び歩きはじめた。こうして心待ちにしていた半休の日はひどい一日となった。

3

翌日の午後、数時間の休憩を終えて屋敷に戻る途中で、コンスタンシアはエリザベスに会った。エリザベスは泣いていて、ひどく動揺していたが、コンスタンシアがだれか思い出すと泣きやんで言った。

「プリンスがいなくなったの。パウルとピーテルもさがしてるわ。私たちが家に帰ってきたときに庭の戸を開けっぱなしにしておいたから、プリンスが逃げてしまったの」

少女がまた泣きだしたので、コンスタンシアはしゃがみこんで小さな顔をふいてやり、安心させるように言った。「あなたは家に帰って、ダーリン。私がプリンスをさがすわ。私が行くまで待っていてくれる？　約束よ」

　エリザベスがうなずいたので、コンスタンシアは一緒に細い通りを渡り、女の子が安全に帰路につくのを見届けてから子犬をさがしはじめた。

　道路の隅々にまで注意を向けて歩いていると、十分後、側溝にいる子犬を見つけた。子犬はじっと横たわっていたが、コンスタンシアが駆け寄ると不格好な尻尾《しっぽ》を振った。鼻には血がついていて、肋骨《ろっこつ》に沿って大きな傷があるものの、目は輝いていた。

「すぐに家に連れていってあげるわ。でも、今はちょっと痛いわよ。我慢してね」コンスタンシアはすばやく子犬を抱きあげた。子犬は歯をむき出したが、噛《か》みついたりせずに悲しげな声で鳴いただけだった。

　ドクター・ヒーセンの屋敷へ急ぎながら、コンスタンシアは子犬にやさしく声をかけつづけた。アウデ・デルフトに出ると、パウルとピーテルが前方を足早に歩いていくのが見えた。彼女の口笛を聞いて二人は振り返り、駆け寄ってきて、心配そうにプリンスをのぞきこんだ。

「怪我《けが》をしているの。でも、そんなにひどくはないと思うわ」コンスタンシアは二人を安心させるように言った。「ピーテル、先に行って玄関のドアを開けておいて。まっすぐキッチンへ向かうから。テーブルの上に毛布かなにか敷いておいてちょうだい」

　コンスタンシアが玄関に着くと、ドアのそばで待っていたエリザベスが一気にオランダ語でしゃべりはじめた。その小さな頬はまだ涙で濡《ぬ》れていた。

「ほら、ほら」コンスタンシアは言った。「泣いていないで、タオルと、お水を入れたボウルを用意してちょうだい。パウル、おじさんはどこかしら？」

「村に病人が出て、診察に行ってるんだ。プリンスの怪我はひどいの、ミス・モーリー？」

「コンスタンシアと呼んで。傷のことは詳しくはわからないわ。今はそっと洗っておいて、おじさんが帰ってきたら診てもらいましょう」彼女はキッチンへ行き、折りたたんだ毛布の上にプリンスを下ろした。首輪をはずし、慎重にわき腹の傷を洗いはじめると、犬は尻尾を振った。子供たちはテーブルを囲み、息をつめてコンスタンシアと子犬を見守っていたので、だれもドクター・ヒーセンが近づいてきたことに気づかなかった。だが、彼の姿が目に入ったとたん、子供たちはいっせいに口を開いた。

「一人ずつだ」ドクターは穏やかに言い、コンスタンシアがうしろに下がると、プリンスの上にかがみこんだ。パウルの話は何度となくほかの二人にさえぎられ、話しおえたときにはドクターはすでに犬の診察を終えていた。「肋骨が二本折れていて、ひどい切り傷が腹と鼻の上にある。獣医を呼ぼう」

コンスタンシアは子供たちが安堵《あんど》のため息をもらすのを聞いたが、自分も同じことをしているのには気づかなかった。温かい舌が手に触れるのを感じて見おろすと、シバとソリーがわきに立っていた。

「あら、この子たちもここにいたのね」

ドクター・ヒーセンは彼女の方に向き直って言った。「この二匹は僕と一緒に来たんだ。プリンスを見つけて、連れ帰ってきてくれてありがとう。僕たちはみんな、心から感謝している」

声は陽気だが、彼はほほえんでおらず、コンスタンシアは口ごもりながら言った。「その子の怪我がひどくないといいわね……でも、よかったわ……」

ドクターはすでに再びプリンスの上にかがみこんでいて、子供たちもコンスタンシアの言葉を聞いていないようだった。彼女はしばらく待ったが、やがて静かにキッチンを出て玄関広間を抜け、開いたままのドアから外へ出た。

それから急いでアウデ・デルフトを抜け、ミセス・ダウリングの屋敷を目ざした。

ミセス・ダウリングは不機嫌だった。「遅かったね。なぜだい？」

　コンスタンシアは一瞬、答えにつまった。「ほんの数分です。それに休憩に入ったのは三十分遅れていましたから」

「生意気だね！」患者はうなるように言った。「でも、戻ってきてよかった。チョコレートをいくつか食べたんだよ。ネルに買いに行かせてね」彼女は長椅子の横の床にころがっている箱を顎で示した。

「食べてからどれくらいたちますか？」コンスタンシアは落ち着いた口調で尋ねた。

　ミセス・ダウリングは肩をすくめた。「よく覚えてないね。一時間か、三十分くらいだろう」

「では、もう少し待ってから気分をうかがいます」

　患者はいつものだるそうなようすも見せずに体を起こした。「昏睡《こんすい》状態に陥るんだろう？」

「私が最初の兆候を見張っていますから、昏睡は防げるでしょう。今のうちにドクター・スパーリングに電話をかけてきます」

　ドクターは留守だった。コンスタンシアはため息をつき、患者のもとへ戻った。ミセス・ダウリングが本当のことを言っているのかどうかわからない。彼女はずるくて甘ったれた女性だ。それにひどく退屈している。退屈すると、人は奇妙なことをしでかすものだ。コンスタンシアは念のため注射器を用意し、いつでもグルコースとインシュリンを使えるように準備した。そして、調子が悪くなったらすぐに伝えるようにと患者に言い聞かせた。

　コンスタンシアは部屋を片づけながらチョコレートの箱をちらりと見た。半分ほどからになっている。彼女はなにも言わずに箱を手に取って食器棚にしまい、カロリーとインシュリンの量を計算した。ミセス・ダウリングはふてくされた顔をしていたが、同時に怯《おび》えてもいた。

　二人が気づかないうちに呼び鈴が鳴ったらしく、

しばらくするとネルがドクター・ファン・デル・ヒーセンを案内してきた。彼は感じよく挨拶《あいさつ》してから言った。「ドクター・スパーリングの奥さんから僕に電話があったんです。彼が留守のときには僕がかわりを務めることになっているので。なにか問題でも？」彼はコンスタンシアに向かってやさしく尋ねたが、その口調はどこかよそよそしかった。

「ミセス・ダウリングがチョコレートを食べたんです。正確な量はわかりませんが、百グラム程度だと思います。尿糖とケトン体が出ています」

「そうか。脈はどうだい？　吐き気は？」

「吐き気がありますが、ほかは正常です」

「では、舌を見せてください、ミセス・ダウリング」ドクター・ヒーセンは、ドクター・スパーリングを呼んでという患者のわがままを聞き流し、慎重に診察をした。それからカルテを書き、コンスタンシアに渡した。「すぐにインシュリン注射をしてくれ。二時間たったら、血糖値に応じて薬を投与しよう」彼は鞄《かばん》から注射器と細いガラス管を取り出し、コンスタンシアに渡した。ミセス・ダウリングはうめいたり、わめいたりしたので、彼は子供を相手にするように患者をなだめつつ採血し、すぐによくなりますよと請け合ってから、帰り支度を始めた。

「私をほうっておいたら大変だよ。危険な状態なんだ」ミセス・ダウリングは言った。

「もう危険ではありませんよ」

「あなたにここにいるようにと言ってるんだよ！」

「僕は夕方の診察があるんです」ドクター・ヒーセンは穏やかに説明した。「もしあなたが本当に危険な状態なら、僕も残ります。なにかあればモーリー看護師がすぐに僕に連絡をくれるでしょう」彼は挨拶をしてから玄関に向かう途中で、コンスタンシアに言った。「採血の結果を教えてくれ。夕食の指示はカルテに書いてある。ドクター・スパーリングは夜遅くまで帰ってこないから、今回の件は僕から伝えておくよ」

ドクター・ヒーセンはコンスタンシアに向かってうなずいたが、その態度には再びよそよそしさが感じられた。彼女は二人の友情が消えてしまったことを悲しく思った。

寝る時間までには、ミセス・ダウリングの状態は正常に戻った。今回ばかりは彼女もおとなしく採血や検査を受け、用意された夕食を食べた。ベッドに入ることにも文句を言わなかった。部屋を出たコンスタンシアは自分の夕食をトレイにのせ、ほっとしつつ自分の部屋に向かった。

トレイのバランスを取りながら廊下を歩いていると、ちょうど呼び鈴が鳴った。彼女はトレイを置いて応対に出た。ドクター・ファン・デル・ヒーセンが穏やかな表情で玄関に入ってきて、うしろ手にドアを閉めた。「危機は去ったかい？」

「ええ、ありがとう」

彼はトレイに目をとめて尋ねた。「夕食かい？」

「ええ。ミセス・ダウリングはベッドに入ったわ。疲れきっているようだけど、それ以外は変わりないみたい。診察する？」

ドクター・ヒーセンは首を横に振った。「その必要はない。僕は君に会いに来たんだ」

「私に？」

「プリンスのことできちんとお礼を言っていなかった。君は親切で分別があってやさしかった。だが、僕たちはろくに礼も言わずに君を帰してしまった」

コンスタンシアは恥ずかしそうにほほえんだ。

「そんなことはいいのよ。あの子は大丈夫？」

「きっとよくなるだろう。獣医に傷を縫ってもらい、今はソリーとシバが両側に添い寝している。猫は母親気取りだ」ドクターは彼女の顔をさぐるように見た。「君はお茶に来なかったね」

コンスタンシアは説明する機会がめぐってきたことに感謝したが、言葉がうまく出てこなかった。

「遅れてしまったから、行きたくなかったの」

「なぜ遅れたんだい？」

「ミセス・ダウリングの甥《おい》が昼食に来たので、デルフトを案内するようにと彼女に命じられたの。それでウィリー・カクストンは……」コンスタンシアはそこで含み笑いをした。「すごく立派な名前よね？　とにかく彼は、おばさんが怖くて彼女の言葉を受け入れるしかなかった。彼は四時には帰る予定だったんだけど、私はもう少し早めに切りあげてもらおうとしたわ。それでも彼が実際に帰ったのは時間をだいぶ過ぎてからだった」彼女はドクター・ヒーセンをまっすぐ見つめた。「もしあなたが車で通りかからなかったら、私はあなたの家に行って事情を説明したでしょう。でも、あなたは怒っているようだったから……」

「僕はがっかりしていたんだ」ドクター・ヒーセンは彼女にほほえみかけた。

「そうなの？　私もよ。友達を失うのは気分のいいものじゃないわ」

ドクター・ヒーセンはトレイに近づき、コーヒーをついで戻ってきた。それをコンスタンシアの手に持たせ、そばにあった小さな椅子に彼女を座らせた。

「夕食のじゃまをしてしまったね。君は友達を失ってなどいないよ、コンスタンシア。僕たちはずっと友達でいられる」

彼女はぬるくなったコーヒーを一口飲んだ。「うれしいわ。私がここを去ったら会えないけど、手紙のやりとりはできるもの」

「ここには長くいないのかい？」ドクターは再びトレイの前に行き、蔑《さげす》むように鼻を上げてマカロニチーズを見た。

「ええ、たぶんね。ここではたいした仕事もないから」彼女は皿を受け取ったが、鼻にしわを寄せてそれを下ろした。「おなかはすいてないわ」

ドクター・ヒーセンの顔にはなんの表情も浮かんでいなかった。「次の半休は僕たちと一緒に夕食をとってほしい」彼はトレイにあったパンにバターを塗り、彼女に渡した。「さあ、食べてくれ。それで、次の半休はいつだい？」

コンスタンシアはパンを一口かじってから答えた。

「ミセス・ダウリングは日曜日と言っていたけど、気が変わるかもしれないわ」

「そうならないことを祈ろう。まずみんなで散歩に行かないか？　それから紅茶を飲んで、ゲームをして……リーチェにおいしい夕食を作ってくれるように頼んでおくよ」

「楽しそうね」コンスタンシアはにっこりした。

「さて、僕はそろそろ家に帰らないと。往診があったんだが、ここに立ち寄ったのは正しかったようだ」

「ありがとう。明日はドクター・スパーリングはいらっしゃるかしら？」

ドクター・ヒーセンはうなずいた。「一時間ほど前に彼と話したよ。心配なことがあったら、遠慮せずに彼に電話して大丈夫だ」

コンスタンシアは玄関を出ていくドクター・ヒーセンを見送った。彼はやさしくて親切で、一緒にいてくつろげる。昔からの家族ぐるみの友人のようだ。

そのあと二日ほど、ミセス・ダウリングは機嫌が悪かった。まるで禁止されているチョコレートを食べたのはコンスタンシアのせいだとでもいうように。だが、コンスタンシアは次の半休を心の支えに、患者の不愉快な態度にも辛抱強く耐え、ドクター・スパーリングの指示に厳密に従い、控えめだが鷹《たか》のように鋭い目で患者の行動に目を光らせた。

日曜日は朝から雨だった。雨は昼まで降りつづいたので、出かけたいなら半休は別の日にすればいいとミセス・ダウリングが言いだすのではないかと、コンスタンシアは心配だった。だが、幸いミセス・ダウリングは近々開く予定のささやかなパーティにだれを招待するかで頭がいっぱいだったので、コンスタンシアはレインコートを着てスカーフをかぶり、さっさと家を抜け出した。

ドクターと子供たちは天気のことなどまるで気にしていないようだった。雨でも大丈夫な服装で、五人は予定どおり散歩に出かけた。犬も一緒で、シバとソリーは主人のうしろを歩き、ビニールのケープをかぶせられた滑稽《こっけい》な姿のプリンスは主人の腕に抱かれていた。「こいつだけ置いていくわけにはいかない」彼は言った。「それに、少し先にはこいつも歩けるような平らな場所がある」

子供たちとシェパードはドクター・ヒーセンとコンスタンシアのまわりを飛びはね、走りまわっていた。プリンスは少しだけ二人の横をおそるおそる歩いてから、再びドクターのたくましい腕の中に戻った。その間ずっと、二人はおしゃべりを続けた。

屋敷に戻ると、キッチンで紅茶を飲んだ。みんながサンドウィッチやケーキや林檎《りんご》の焼き菓子を食べている間、コンスタンシアはポットを持ってせっせと紅茶をついでまわった。それから皿を洗い、居間に上がって美しい敷物の上でモノポリーをした。コンスタンシアは架空の大金を稼いだり失ったりするゲームに夢中になり、子供たちと一緒にはしゃいだ。そのあと、今やすっかりくつろいだ気分になれるキッチンへ戻り、子供たちがベッドに入る前に飲むココアを作った。

子供たちは遊び部屋と寝室のある三階で眠っていた。エリザベスが言っていたとおり、そこはとても居心地がよく、男の子たちの部屋からは内線電話ですぐにドクター・ヒーセンを呼べるようになっていた。彼が夜に出かけなくてはならないときはどうしているのだろう？　コンスタンシアは急に心配になった。子供たちだけ残していくのだろうか？　彼が病院に呼び出されたり、夜勤のときは、リーチェが泊まるのかもしれない。

コンスタンシアが階下に戻ってその話題を持ち出すと、ドクターは少し間をおいてから、軽い口調で言った。「ああ、リーチェが泊まってくれるんだ」そして彼は最近かかわった興味深い症例について話しはじめたので、コンスタンシアは自分が持ち出した話題についてはすぐに忘れてしまった。

リーチェは二人のためにすばらしい夕食を作っておいてくれた。レンジにはスープがかかっていて、オーブンには思わず唾《つば》が出てくるほどおいしそうなキッシュが入っており、アスパラガスとポテト、新鮮なフルーツサラダと食後のデザートまで用意されていた。

「彼女はいつこんな料理を作ったの？」コンスタンシアは尋ねた。「それに、どうやって私たちが食べる時間にちょうどよく用意できたの？」

「君がエリザベスと一緒にいる間に用意したんだろう」ドクター・ヒーセンは落ち着いた声で言った。「まずはシェリーをどうだい？」

キッチンは暖かく、暗い色のオーク材の家具が、レンジの火を映していた。ドクター・ヒーセンはドイツ産の白ワイン、リーブフラウミルヒを開けた。あじけない食事に慣れているコンスタンシアは、心ゆくまで料理とワインを楽しんだ。二人はのんびり食事をしながらおしゃべりをしたが、彼は自分のことをあまり話さなかった。食事が終わるころになって、コンスタンシアは出会った日より今のほうが彼のことを知っているとは言えないと思った。そして、そう口に出そうとしたとき、電話が鳴った。

「失礼していいかな？」

ドクター・ヒーセンは壁にかかった受話器を取り、相手の話をじっと聞いていた。それからかすかに眉をひそめ、話しはじめた。その口調はきびきびとしていて自信に満ちていた。彼は病院でどんな役職についているのだろうと、コンスタンシアは思った。その話し方から判断する限り、かなり上の役職に違いない。

ドクター・ヒーセンはまもなく電話を切り、テーブルに戻ってきて明るく言った。「病院で担当している患者のことだったよ」

コンスタンシアはすぐに言った。「もし行ったほうがいいなら、かまわずそうして。私はミセス・ダウリングのところに戻るわ」彼女は立ちあがりかけたが、彼がやさしく押しとどめた。

「君は立派な女性だな。ふくれたり、いやな顔をしたりしないんだから。僕は行かなくてはならないが、長くはかからないと思う。ここにいてくれないか？ 子供たちのこともあるし」コンスタンシアがうなずくと、彼は続けた。「戻ってきたらコーヒーを飲もう。居間の暖炉のそばでのんびりしていてくれ。なにかあったら電話する」彼はほほえみ、それだけ言うと出ていった。

コンスタンシアは洗い物をすませてキッチンを片づけ、朝食用の食器を並べた。コーヒーのトレイはすでに用意されていた。彼女はトレイの上の重そうな銀のコーヒーポットと揃《そろ》いのクリーム入れ、砂糖壺《つぼ》を感嘆したように眺めた。古いもので、よく手入れされている。コンスタンシアはまたもや、いったいだれがこんなふうにこの家のすべてを美しく整えているのだろうと思った。それから階上へ上がり、暖炉の前に座ってそばにあった雑誌を開いたが、実際に読んではいなかった。彼はこの屋敷に長く住んでいるのだろうか？ これからもずっとここを借りることになっているのだろうか？ 彼女がそんなことを考えているうちにドクター・ヒーセンが戻ってきて、ゆったりした足取りで部屋に入ってきた。

「立たなくていい」彼は言った。「僕がコーヒーを持ってくる。子供たちは変わりないかい？」

「さっきのぞいてきたけど、みんな眠っていたわ。病院のほうは大丈夫だった？」

ドクター・ヒーセンはうなずいた。「ああ。僕の下には優秀な研修医がいるからね」彼はコンスタンシアの驚いた顔を見て言った。「大きな病院に何人か担当している患者がいるんだ」

ドクター・ヒーセンは部屋を出ていき、すぐにコーヒーを持って戻ってきた。そしてトレイを小さなテーブルに置き、暖炉の向こう側の肘掛け椅子に座った。コンスタンシアはこれまで感じたことがないくらい満ち足りた気分だったが、しばらくすると、もう帰らなくてはならないとしぶしぶ告げた。彼女は抗議したのだが、ドクター・ヒーセンは彼女と一緒に家を出た。十分くらいなら家をあけても大丈夫だと言い、コンスタンシアを送っていくことはパウルに話してあると説明した。

二人は静かな通りを足早に歩いた。その道のりはあまりにも短かったが、コンスタンシアは散歩や夕食はとても楽しかったと告げた。ドクター・ヒーセンは彼女の隣を歩きながらあまり話をしなかった。それでも二人の間には確かに友情が感じられた。

ドクター・ヒーセンはコンスタンシアの手から鍵《かぎ》を受け取って玄関のドアを開け、彼女に返した。だが、そのまま彼女の手を放そうとせず、大きな手でしっかりと包みこんだ。コンスタンシアは問いかけるように彼を見あげた。

「僕たちと過ごすのを楽しんでくれてうれしいよ、コンスタンシア。僕たち……いや、僕は、君といるのが好きだ。また来てくれるかい？　次の半休はいつだい？」

「わからないわ。ミセス・ダウリングはいつも前もって教えてくれるわけではないから」

「じゃあ、彼女が日にちを決めるまで毎日電話するよ」ドクター・ヒーセンはほほえみ、コンスタンシアの頬にやさしくキスをした。「おやすみ」そして、彼女のためにドアを開けた。

コンスタンシアはキスされて驚いたが、近ごろはみんなキスくらいするものだと自分に言い聞かせ、そっと自分の部屋へ上がった。それから着替えをすませると、忍び足でミセス・ダウリングの部屋へ行き、半分開いているドアからようすをうかがった。患者はぐっすり眠っていた。彼女は安堵のため息をつき、ようやく自分のベッドに入った。

ドクター・ヒーセンは約束どおり電話をしてきたが、受話器を取ったのはあいにくミセス・ダウリングだった。彼女は動かなくても電話に出られるように、椅子の近くに受話器を置いているのだ。コンスタンシアはキッチンで昼食のカロリーに頭を悩ませていたが、患者の耳ざわりな大声を聞いて二階へ駆けあがった。昏睡に陥ったときの処置を必死に思い出していたとき、ミセス・ダウリングの嘲《あざけ》りが耳に飛びこんできた。「ボーイフレンドからだよ、看護師さん。私の家にあんた宛《あて》の電話をかけるのはやめてほしいと彼に伝えておくれ」

コンスタンシアが返事もせずに受話器を受け取ると、ドクター・ヒーセンの穏やかな声が聞こえた。

「僕は鳩《はと》の群れに猫をほうりこんでしまったかな？　半休はいつになった？」

「わからないわ」コンスタンシアはミセス・ダウリングの鋭い視線を痛いほど背中に感じた。

「だったらきいてみてくれ。今すぐに」口調は穏やかなままだったが、彼が自分の言葉に従ってほしいと思っているのは明らかだった。

コンスタンシアが振り返って半休はいつかと尋ねると、ミセス・ダウリングは意地悪く言った。「なぜ知りたいんだい？」

「予定を入れたいんです、ミセス・ダウリング」

「まだ決めてないよ」

コンスタンシアの忍耐は限界に近づいていた。彼女は短気ではないが、今は激しい怒りを感じていた。

「本来なら週に二度、丸一日の休みがいただけるはずだということを思い出してください。病状が安定するまでは一人でいるのがおいやだろうと思い、これまで強くは言わなかったんです。半休では不本意ですが、私にはその休みをいついただけるか知る権利があるはずです」

ミセス・ダウリングの瞳は怒りのあまりぎらついていた。「まったく、そんな話は聞いたこともないよ！　好きなようにすればいい。次の休みは火曜日だよ」

「その次はいつです？」コンスタンシアは尋ねた。

「たぶん土曜日だろう」老女は彼女をにらみつけた。「でも、まだ決めては――」

だが、コンスタンシアは聞いておらず、受話器に向かってうれしそうに言った。「火曜日と土曜日よ」

「よかった。僕は火曜日に往診があるが、君も一緒に来ればいい。子供たちのお茶の時間までには帰れるだろう」

ミセス・ダウリングは当然、この件について文句を言いつづけた。医師や看護師や若い女性たちは隙《すき》あらばふざけ合おうとするといった恨みがましい悪口だったが、コンスタンシアは耳を貸さなかった。

ミセス・ダウリングはなにもかも悪く解釈している。しかし、世の中には友情というものが確かに存在し、それはそんなに安っぽいものではないのだ。

火曜日、ドクター・ヒーセンの車の助手席に座り、コンスタンシアはなにもかも話した。「ミセス・ダウリングは心が貧しくて気の毒よ。彼女には友達がいないの。つまり、あなたと私のような関係の友達は。家に来てブリッジをして、陰口をたたき合う仲間だけよ」

ドクターは前方の道路を見つめたまま、真剣にうなずいた。「それで、君はイギリスにおおぜいの友達がいるんだろうね、コンスタンシア？」

彼女は少し考えてから答えた。「ええ。でも、なんの遠慮もなく頼み事ができるわけではないわ」

「僕のことはその仲間に入れないでほしいな。君の頼みなら、なんでも考える前に引き受けると約束するよ」

「じゃあ、私もあなたに同じことを約束するわ。あなたもおおぜい友達がいるの？」

今や車は町を抜け、草地の間に伸びる細い道に入っていた。「ああ。だが、僕はそもそも大家族だからね」

コンスタンシアは驚いた。「まあ、そうなの。あなたにはお姉さんだけしかいないのかと思ったわ」

「両親は亡くなったが、姉のほかに妹が一人と弟が二人、それに覚えきれないほどのいとことおじとおばがいる」

コンスタンシアは少し悲しそうな声になって言った。「だったら、これ以上友達は必要ないわね」

ドクター・ヒーセンはふいに車をとめた。「コンスタンシア、僕の家族は離れ離れになっているし、友人の中にも君の存在を埋められる者はいないよ」

コンスタンシアは率直に言った。「ミセス・ダウリングは私があなたを追いかけまわしていると言ったけど、そうじゃないわ。彼女は心の卑しい人よ」

ドクター・ヒーセンの表情はいつもどおり穏やかだった。「ああ、とても卑しいな」彼は認めた。「それに僕は、君が僕を追いかけまわしているなんて思ったことはないよ。彼女には驚かされるな。僕には金がないと君に警告したんだろう？」

「ええ、まるでそれが重要な問題みたいに。私はお金持ちの人と友達になりたいとは思わない。彼らは相手が自分に近づいてくるものだと思っているけど、いつもそうとは限らないわ」

「確かにね。ともかく君が金持ちを目の敵にしているのは間違いないようだな。そうだろう？」

ドクター・ヒーセンがにっこりしたので、コンスタンシアも笑みを返した。「ミセス・ダウリングみたいな人だけよ。お金持ちですばらしい人もたくさんいると思うけど、私は会ったことがないわ」

ドクターは再び車を出した。「金持ちですばらしい人は、自分が金持ちだと言う必要はないと思っているんじゃないかな」

その口調を聞き、コンスタンシアはぱっと彼の方を見た。「怒っているみたいね。あなたを怒らせるようなことをなにか言ってしまったかしら？」

「君が僕を怒らせることなどありえないよ。だが僕は、金があっても立派な人もいると言いたいんだ。必要以上の金を持っていても、それを賢く使っている人もいると」

「そういう人は、きっとすばらしい目的のためにお金を使うんでしょうね」コンスタンシアが言ったとき、車が開いている門を抜け、ある農家の庭に入った。「ここにあなたの患者さんがいるの？」

「二人ね。はしかだ」

その日の午後はあっという間に過ぎた。往診は郊外の農家がほとんどで、二人が話をする時間はたっぷりあった。アウデ・デルフトの屋敷に戻るとすぐに子供たちが帰ってきて、紅茶を飲み、トランプをしてからベッドに入るという、いつもどおりの楽しい時間を過ごした。ドクター・ヒーセンはお茶のあとで診察があった。しかし、コンスタンシアと子供たちがお茶のあと片づけをすませ、にぎやかにスクラブルをしているところへ加わることができた。子供たちがベッドに入ると、二人は一緒に夕食をとり、そのあと彼はミセス・ダウリングの家までコンスタンシアを送っていったが、キスはしなかった。

土曜日もほとんど同じように過ごした。だが、ドクター・ヒーセンの夕方の診察はなかった。午後はみんなで散歩に行き、いまだ姿の見えないリーチェがおいしいケーキとサンドウィッチを用意してくれていた。五人はキッチンのテーブルを囲んで座り、にぎやかに話をした。犬もそばにいて、猫はコンスタンシアの膝に座っていた。まるで理想的な家族のようだわ。コンスタンシアは満ち足りた気分でそう思った。二時間後、居間の暖炉のそばでドクター・ヒーセンと夕食後のコーヒーを飲んでいるときも、再びそう感じた。イギリスに帰ったら、きっとこのすべてを恋しく思うだろう。だが、知りえない未来を憂えて幸せな今をだいなしにするのはつまらない。

ミセス・ダウリングの家の前でおやすみの挨拶をしたとき、ドクター・ヒーセンがふいに言った。

「僕たちは今や本物の友人だ。僕のことをドクター・ヒーセンと呼ぶのはばかげている。イエルンでいい。それとも、ファーストネームで呼ばれるには僕は年を取りすぎているかい？」

「年を取りすぎている？」コンスタンシアは唖然《あぜん》として言った。「おかしなことを言わないで！　もちろん、イエルンと呼ぶわ」彼女は手を差し出した。「今夜は楽しかった、ありがとう」

ドクター・ヒーセンは彼女の手を放さずに言った。「もしかまわなければ、電話するよ。次の半休も一緒に過ごしたい」

コンスタンシアはうれしそうにうなずいた。この先、半休などないことを彼女が知るはずもなかった。

4

日曜日は退屈に感じられた。コンスタンシアは子供たちや犬、そしてだれよりイエルンが恋しかった。しかし、あと一日か二日で会えるはずだと考えて元気を出そうとした。ミセス・ダウリングの意地の悪い冗談や、注射が痛いとか食事がまずいという文句や、ドクター・スパーリングの投げやりな態度にはうんざりだったが、彼女は幸せだった。それに、もうすぐ週給がもらえる。これまでの週給はできるだけ使わずにしまってあった。何度か誘惑に駆られたが、我慢した。イギリスに戻ったら、次の仕事が見つかるまでの生活費が必要になる。

その日、コンスタンシアは一人になる機会があると、イギリスに戻ったらなにをするか考えようとした。数日間の休暇を過ごすくらいのお金はあるだろうが、そうしたらいい仕事を逃すかもしれない。休暇を取るのはもっと先でもいい。結局のところ、自分のことは自分で考えるしかないのだ。彼女はため息をつき、今回ばかりは患者にもの思いをさえぎられてほっとした。ミセス・ダウリングは、退屈だからバックギャモンをしたいと言った。

月曜日の始まりは最悪だった。ミセス・ダウリングは注射で大騒ぎし、出された朝食を食べたくないと言い、頭が痛いと愚痴をこぼした。

コンスタンシアは静かにため息をついた。すでにインシュリンを投与したから、朝食を食べないとつらくなるはずだ。コンスタンシアはいつもどおり我慢強くそう指摘したが、もちろん無視された。昼近くになっても、患者の機嫌はよくならなかった。ドクター・スパーリングは来たとたんに辛辣《しんらつ》な言葉を浴びせられ、早々に退散した。午後、コンスタンシアは一時間ほど休憩をもらえるはずだったが、ミセス・ダウリングはどうしても一人になりたくないと言い張った。

「それに休みはじゅうぶん取っているじゃないの。いつもドクター・ファン・デル・ヒーセンと出かけて、なにを企《たくら》んでいるのやら」

コンスタンシアは冷静に返事ができる自信がなかったので、キッチンへ行って紅茶をいれた。そのトレイを患者の部屋へ置くと、再びドアへ向かった。

「どこへ行くの？」ミセス・ダウリングが鋭く尋ねた。

「あなたがお茶を飲んでらっしゃる間、自分の部屋にいます」コンスタンシアは冷たく言った。「毎日、休憩時間を取れることになっていますが、今日はまだ取っていませんので」

自分の部屋に避難すると、コンスタンシアは腰を下ろして考えた。ミセス・ダウリングにはもう我慢できない。明日、ドクター・スパーリングに、ほかの看護師をさがしてくれと伝えよう。デルフトを去るのはつらいが、あの患者にはほとほとうんざりだ。彼女に必要なのは意地の悪い冗談にも我慢できる従順な人物であって、仕事好きの、忍耐が尽きかけた看護師ではない。

しばらくするとコンスタンシアは階下へ下りてトレイを下げ、カルテを書いた。書きおえると、患者がぴしゃりと言った。「夕食にはおいしいものを食べたいね。ネルにロブスターを買ってこさせておくれ。クリームソースをかけて食べるよ」

「お店はもう閉まっているでしょう」コンスタンシアは言った。「それに、ロブスターでなくても、クリームソースはカロリーが高すぎます」

ミセス・ダウリングは敵意のこもった視線を向けた。「シュークリームも食べるよ。チョコレートソースとクリームがたっぷりのね」

コンスタンシアはかわいらしい顔を傾けた。「先日チョコレートを食べて、いやな思いをなさったでしょう。自分を甘やかすと具合が悪くなりますよ」

ミセス・ダウリングは彼女に向かって本を投げつけた。「いやな女だ、私に説教ばかりして！　私は好きなようにやるよ。荷物をまとめて出ていくといい。あんたは私の病気をまるでわかっていない。私には心のこもった看護が、甘やかしてくれる人が必要なんだよ」

「つまり、奴隷ですね」コンスタンシアは言った。

「ええ、私は出ていきますが、まずはあなたからドクター・スパーリングに電話をかけて、私をくびにしたことを伝えてもらわなくてはなりません」

「あとで知らせるよ。どうでもいいことさ」

「重要なことです」コンスタンシアは礼儀正しく言った。「今、電話されますか？　それとも私がしましょうか？」

「ふん。勝手に電話をして、出ていけばいい」

電話に出てきたドクター・スパーリングは、あきらめたように言った。「君にはなんの落ち度もない。後任の看護師を見つけないと」

コンスタンシアは数分で荷造りをすませた。患者から患者へ、ほとんど日をあけずに移動していたので、必要最小限の荷物で旅をする方法を身につけていた。階下へ行くと、ミセス・ダウリングが長椅子に寝そべったまま、ハンドバッグを開けて中をかきまわしていた。

「ほら、お給料だよ」彼女は言い、床に紙幣を投げつけた。

コンスタンシアは分別のある女性だったが、今わき起こっている激しい怒りの前には、分別などなんの役にも立たなかった。なにがあってもその紙幣を拾って財布にしまう気にはなれなかった。「さようなら、ミセス・ダウリング」彼女は氷のように冷たい声で言い、屋敷をあとにした。

荷物は重かったが、タクシー乗り場はマルクト広場の向こう側だった。コンスタンシアは橋を渡り、ランヘンダイクに入った。あいにく今日は市が立つ日で、通りには人があふれ、重い荷物を持ったコンスタンシアはゆっくりとしか進めなかった。そのうえ、もの思いにふけっていた。ここを去る前にイエルン・ファン・デル・ヒーセンに会いたいが、今は診察中だろうし、そもそも彼になんと言えばいいかわからない。あとで手紙でも書こうか……。

まわりを気にもせずに歩いていると、ふいに彼女は自分がハンドバッグを持っていないことに気がついた。ストラップは肩にかかったまま、バッグの本体が消えている。急いで周囲を見まわしたが、なんの手がかりもなかった。彼女はある店の窓に寄りかかり、パニックを抑えこんだ。お金全部、パスポート、小切手帳をなくしてしまった……。

警察がどこにあるかもわからなかったので、通りすがりの男性に尋ねてみたが、相手は笑顔で首を振っただけだった。もう一度、今度は女性に声をかけてみた。その女性は電車について延々と説明し、やがてコンスタンシアが言葉を理解していないことに気づくと、ほほえんで肩をすくめ、去っていった。

コンスタンシアは鞄《かばん》を持ちあげた。店に入って尋ねてみよう。きっと私の言葉を理解してくれる人がいるはずだ。今はたまたま運が悪かったのだろう。

そのとき鞄にそっと手が伸びてきて、イエルン・ファン・デル・ヒーセンの冷静な声が聞こえた。

「なぜこんな重い荷物を運んでいるんだい？」

コンスタンシアは大きく息を吸いこんだが、なにも言葉が出なかった。泣くつもりはないのに、一言でも口をきいたら涙がこぼれてしまいそうだ。彼女は涙のたまった大きなグレーの瞳で彼を見あげた。

しばらくして、イエルンは言った。「泣かないでくれ」彼は肩にかかったままの切れたストラップに気づいて尋ねた。「いつやられたかわかるかい?」

コンスタンシアはようやく口を開いた。「いいえ、五分ほど前に気づいたの。二人の人に警察の場所を尋ねたんだけど、言葉が通じなくて」

イエルンに肩を抱かれると、彼女は少し気分がよくなった。「すぐに警察に行こう。その間に事情を聞かせてくれ。ミセス・ダウリングに、もう君の看護は必要ないと言われたんだね?」

「お茶のあとでくびにされたの。彼女は自分を理解して甘やかしてくれる人が必要なんですって」コンスタンシアは無理やり笑おうとしたが、はなをすすることしかできなかった。「私は優秀な派遣看護師とは言えないわ」彼女は必死に保っていた冷静さを失いつつあった。「全財産はハンドバッグの中だったし、パスポートも……」

イエルンは彼女を連れて人のあふれる通りを足早に歩きだした。「全部戻ってくるさ」彼は穏やかに言った。「君はどこへ行くつもりだったんだい?」

「イギリスよ……ほかに行くところもないわ」

イエルンはそれについてはなにも言わず、わき道に入った。「さあ、着いたよ」彼はほほえんでからつけ加えた。「中に入ったら、僕が話をしよう」

警察官は親切だった。通訳してくれたイエルンによると、金を取り戻すのはむずかしいが、パスポートはどこかに捨てられる可能性が高いという。

「金はどれくらい入ってたんだい?」イエルンが尋ねた。

コンスタンシアは頭の中ですばやく計算した。「ちょうど五百ギルダーくらいかしら。本当はもう一週間分、お給料をもらえるはずだったんだけど、ミセス・ダウリングが床に投げつけたから、そのままにしてきたの」彼女はごくりと唾《つば》をのみこんだ。

「でも、そのお金をもらってこないと」

「いや、行かなくていい」イエルンは強い口調で言った。「ほかに金はあるのかい？」

「ええ、イギリスの銀行にいくらか預けてあるわ。百七十ポンドくらい」イエルンが口元を引きつらせたので、コンスタンシアは弁解するように続けた。「もっとたくさん預金しているべきなんでしょうけど、むずかしくて。もしイギリスに戻る旅費を貸してもらえるなら……」そこでコンスタンシアは彼には余分なお金などないと思い出し、急いで言った。「いいえ、ミセス・ダウリングのところに戻るわ。二百五十ギルダーは大金だもの。私は頭がどうかしていたのよ」

「その必要はないと言っただろう」イエルンは穏やかに言った。「僕にもっといい考えがある。僕のところへ来てくれ。子供たちの面倒をみてくれる人が欲しかったんだ」

コンスタンシアはきっぱりと言った。「今、思いついたことでしょう。ご親切はうれしいけど……」

イエルンはかすかにほほえんだ。「今、思いついたわけじゃない。むしろ反対だ。ここ数日はそのことばかり考えていた。三人の子供に母親のような目を向けてくれる女性がどうしても必要なんだ」彼はなだめるように言ったが、あえて厳しい表情を保っていた。「ほんの数週間のことさ。お互いにとって都合がいいし、パスポートもそのうち戻ってくるだろう」彼はそこで一呼吸おいた。「もし君がすぐにイギリスに帰りたいというなら、じゃまをするつもりはないが」

コンスタンシアはイエルンの話を聞きながら、自分が母親のように思われていることに驚き、不快感を感じた。

「もちろん、三人の子供の世話は大変だろうから、断られてもしかたがないが」

「子供三人の世話くらいじゅうぶんできるわ」コンスタンシアはぴしゃりと言った。「ただ、はっきりさせておきたいんだけど、私は――」

「母親らしくなんかない？　わかった。だったら言い直そう。馬のように体力がありそうな、茶色の髪とグレーの瞳をした小柄なお嬢さん、僕の家の切り盛りを手伝ってくれないか？」

馬のようだと言われるのは、母親らしいと言われるよりはましだろう。「あなたは親切ね」コンスタンシアは言った。「とても助かるわ」

「僕も助かるよ。警察官と話をする間、ちょっと待っててくれ」

イエルンと警察官がなにを話しているのかわからなかったが、コンスタンシアはたいして気にならなかったし、安心感を覚えていた。当面の心配事はとりあえず解決した。イギリスへ帰るかどうかはパスポートが見つかってから決めればいい。

少し興奮したせいで、コンスタンシアの頬はピンク色に染まっていた。ほんの短い間であっても、家族の一員になれると思うと興奮がわき起こった。

イエルンは話を終え、彼女を見てほほえんだ。

「顔色がよくなったね。そろそろ行こうか？　警察はなにかわかったらすぐに知らせてくれるそうだ」

イエルンに案内されて屋敷の中に入ると、子供たちの姿は見えないものの、かすかに声が聞こえた。

「階上《うえ》の子供部屋だ」イエルンは説明した。「ベッドに入る時間になる前にひと騒ぎしているんだろう。行ってみよう」

コンスタンシアは彼に促されて階段を上がりはじめたが、ふいに足をとめて尋ねた。「今夜は診察はないの？」

「月曜日はない。だが、往診が何件かある。子供たちには言っておくし、エリザベスが君を部屋へ案内してくれるだろう。子供たちの夕食と寝かしつけを頼めたら助かるよ」

　子供たちはコンスタンシアを見ると大喜びした。三人は彼女を部屋に案内するために二階へ下り、出かけていくイエルンに向かっておやすみなさいと叫んだ。

　コンスタンシアは案内された部屋のすばらしさに驚き、口もきけなかった。それほど広くはないが、家具や調度品はとても美しい。金色に輝くマホガニーのベッドには薔薇《ばら》色のシルクのカバーがかけられ、細長い窓に同じ色のカーテンがかかっている。絨《じゅう》毯《たん》はシルバーグレー、大理石の暖炉の近くに置かれた座り心地のよさそうな椅子はグレーのベルベット張りだ。三面鏡のついた鏡台もマホガニーで、ベッドわきの棚の上にはかわいらしい磁器の人形が二体、ピンクのシェードがついたランプを掲げていた。

　コンスタンシアは呆然《ぼうぜん》と部屋を見まわした。「ここが本当に私の部屋？」彼女はパウルに尋ねた。

「イエルンおじさんがこの部屋だって言ってた。客用寝室の中でここがいちばんすてきなんだ」

　エリザベスがコンスタンシアの手を引っぱった。

「こっちがバスルームよ」大人びた口調で言い、ベッドの近くのドアを開けてピンク色のタイル張りの部屋を示した。「こっちが服を入れるための棚なの」

「みんなしっかりした英語を話すのね」コンスタンシアは言った。「今度、私にオランダ語を教えてちょうだい。さて、鞄を取ってきたら夕食にしましょうか？」彼女は笑顔で三つの小さな顔を見まわした。

「あなたたちと一緒にいられてうれしいわ」

「僕たちもすごくうれしいよ」パウルが言った。

　キッチンへ行くと、そこはとてもきれいで片づいており、まるでだれかが今さっき出ていったばかりのようだった。コンスタンシアの手を握っていたエリザベスは広いキッチンを見まわして言った。「リーチェがいないわ」すると、兄たちがすぐに妹を黙らせた。

「忘れてるな」パウルがまじめな顔で言った。「リーチェは家に帰ったじゃないか」

エリザベスの目に涙が浮かんだので、コンスタンシアは急いで言った。「夕食はなにか教えてくれる、エリザベス？　そうしたらとても助かるわ」

女の子はキッチンをせわしなく動きまわり、テーブルの用意を始めた。レンジにはスープの鍋《なべ》がかかっており、いい香りが漂っていた。コンスタンシアはスープを皿によそい、子供たちをテーブルにつかせるとパンとバターを用意し、みんなが食べている間、一緒に座っていた。子供たちは行儀がよく、食事を終えるとあと片づけを手伝ってくれた。

コンスタンシアが皿を洗っている間、子供たちは犬と猫に餌《えさ》をやり、そのあとみんなで子供部屋に上がった。コンスタンシアは久しぶりにゆったりした気分で子供たちと床に座り、『ロビン・フッド』を短めに話してやった。それからエリザベスをお風呂に入れ、兄たちには自分でお風呂に入らせた。

ちょうど子供たちをベッドに入らせたころ、イエルンが帰ってきた。彼はとても静かに入ってきたので、コンスタンシアは階段を上がってくる足音に気づかなかった。エリザベスに抱きつかれて息苦しさを覚えていたとき、戸口から彼の声が聞こえた。

「やはり母親らしいという言葉がぴったりのようだな。君はとてもうまくやっているね」イエルンは部屋に入ってきて姪《めい》のベッドに座った。「荷物の整理をしたいだろう。その間に僕は子供たちにおやすみの挨拶《あいさつ》をするよ。十分後に居間で会おう」

三人の子供たちの相手をしてくずれてしまった化粧を直すのに、十分あればありがたい。コンスタンシアは自分の美しい部屋に行って鏡台の前に座り、手早く化粧を直すと階下へ下りた。

イエルンはまだ居間に来ていなかったので、コンスタンシアは座って彼を待った。二人の男の子がベッドを抜け出して妹の部屋へ行き、三人揃《そろ》っておじさんの話を聞いているとは、幸せなことにまったく気づいていなかった。

「よく聞くんだ、みんな」イエルンは言った。「僕たちのささやかな計画はもう少し続く……」

コンスタンシアが暖炉のそばにある大きな椅子でくつろいでいると、イエルンが居間に入ってきた。彼は急ぐようすもなく穏やかな表情で、まるで古くからの友人か家族のように思えた。彼のことがこんなに好きなのはそのせいかもしれない。コンスタンシアがそう思っていると、彼は向かい側の肘掛け椅子に腰を下ろした。

イエルンはしばらく黙ったままだった。きっと一日を終え、疲れているのだろう。患者のことを考えているのかもしれない。

確かにイエルンは考えこんでいたが、患者のことではなかった。「今日、君に会えたのは運がよかった。僕がどんなにほっとしているか、君にはわからないだろうな」

コンスタンシアは恥ずかしそうに言った。「子供が三人いたらどれほど大変か、あなたは身にしみているんでしょうね。これまであなたはどうやってやってきたのかと思うわ」

「まったくだな」イエルンは淡々とした口調で言い、立ちあがって壁際のテーブルに向かった。「飲み物はなにがいい？　シェリーかい？」

ワインのことはまったくわからないので、コンスタンシアがためらっていると、イエルンはやさしく言った。

「そんなに強くないシェリーを飲んでみてくれ。気に入らなかったら、別のものにすればいい」

そのシェリーは舌にのせるとベルベットのようになめらかだった。コンスタンシアは最初の一口をじっくり味わってから言った。「おいしいわ。シェリーの味がこんなに違うものだなんて知らなかった」

イエルンは自分のためにオランダ・ジンをつぎ、再び腰を下ろして言った。「シェリーは種類がたくさんあるからね」さまざまな飲み物がのった銀のトレイにコンスタンシアが問いかけるような視線を向けると、彼はさらりと言った。「この屋敷の持ち主は親切だから、セラーの酒を自由に飲んでいいと言ってくれるんだ」

彼女はシェリーをもう一口飲んだ。「きっとすてきな人なんでしょうね。会ってみたいわ」そう言ってから、イエルンが気を悪くしたのではないかと思って続けた。「ごめんなさい、こんなことを言うべきじゃなかったわね。私には関係のない話なのに」

「君もそのうち彼に会うことになるだろう。それにしても、話し相手がいるというのはいいものだな」

「あら、話がしたいの？　今日は忙しかった？　おおぜいの患者さんを診たの？」

「ああ、忙しかったし、ずいぶんたくさんの患者を診た。ほとんどが郊外の村の人たちだ。年寄りはあまり医者に行かないから、僕が診るときにはもう打つ手がないことも多い」

「今日もそういう患者さんがいたの？」

「ああ、年配の男性で……」

コンスタンシアは聞き上手で、そのうえ質問も的確でイエルンが言わんとしていることをすばやく理解した。彼が壁にかかっている時計を見たときは、かなりの時間がたっていた。

「長々とつまらない話をしてしまったね。おなかがすいただろう。さあ、夕食にしよう」

コンスタンシアはすぐに立ちあがった。「ここについて。私が用意してくるから。子供たちの食事の残りのスープがあるし、卵とチーズも——」

「リーチェがなにか用意してくれているだろう。スープのほかに、キッシュ・ロレーヌが冷蔵庫にあるはずだ。サラダとプディングも」

コンスタンシアは戸口で言った。「用意ができたら呼ぶわ」イエルンの役に立てるのがうれしかった。

スープはちょうどよく温まっていた。オーブンに入っていたキッシュは、まるで一流の料理人が作ったようにおいしそうだった。サラダは美しい陶器のボウルに盛られ、カラメル・カスタードも用意されている。彼女は小さく口笛を吹きながらテーブルを整え、皿を温め、キッシュのようすを見てからイエルンを呼びに行った。

彼はまだ居間にいて、目を閉じていた。だが、コンスタンシアが入っていくと目を開けたので、彼女は申し訳なさそうに言った。「ごめんなさい、寝ていたのね」

イエルンは首を振った。「いや……夢を見ていた」

彼は立ちあがり、大きく伸びをした。「モーゼルというドイツの白ワインがあるはずだが、見つけたかい？」

「いいえ、さがしてもみなかったわ」コンスタンシアはためらってから言った。「白ワインなら、冷やしておいたほうがよかったんじゃない？」

「そのとおりだ。もしリーチェが冷蔵庫に入れ忘れていたら、彼女の首を絞めないと」

ワインはちゃんと冷えていた。二人はスープを飲み、それからコンスタンシアがキッシュを皿に盛りつけている間にイエルンがワインを開け、彫刻のほどこされた美しい二つのグラスについだ。

「とてもおいしいワインね」コンスタンシアは言った。「おばが作っていたパースニップのワインに似ているわ」

イエルンは自分のとっておきのワインについての彼女の言葉を聞き、笑いを噛《か》み殺した。

「作るのが簡単で、とても安上がりなの。もしよかったら、今度作ってあげるわ」

イエルンの整った顔が引きつった。「それはうれしいが、そんな時間が取れるかな？ そういえば、僕たちには話し合うべきことがたくさんある。まずは毎日の仕事のことだ」

イエルンは事務的な口調になり、屋敷の切り盛りの仕方や子供たちの学校の行き帰りのこと、彼の時間外の仕事についてコンスタンシアに説明した。

「子供たちに朝食を食べさせるのはなかなか大変だよ。でも、七時にはキッチンにリーチェがいるはずだ。僕がいないときは彼女が子供たちを見送っているが、これからはその役目は君に頼みたい」

話を聞く限り、コンスタンシアの毎日は忙しくなりそうだ。温かい食事が出せるように準備したり、子供たちの世話をしたり、家事や買い物もある。彼女は一瞬、心配になった。それが顔に出たのだろう。イエルンが言った。

「それほど大変ではないと思うよ。リーチェがほとんどの家事をしてくれるし、買い物も頼める。洗濯は彼女の姪のベットがしに来てくれる」彼は励ますようにほほえんだ。「子供たちの面倒をみてもらえるかい？」

「ええ、もちろん。それにほかのこともするわ。まだ一部分しか見ていないけど、こんな大きな屋敷では家事も大変なはずよ」

「僕たちは屋敷の全部を使っているわけではないんだ」イエルンは皿を片づけるとプディングを持ってきて、二人のグラスにワインをついだ。「さて、次は君の給料の話だ。ミセス・ダウリングが払っていたのと同じ額でかまわないかい？」

「給料？ お金はいらないわ。ドクター・ファン・デル・ヒーセン、あなたは親切にも私に住む場所を与えてくれた。もしお金が戻ってこなくても、ミセス・ダウリングのところにへ行って先週の給料をもらってくれば、イギリスに帰れるわ」

「それは僕が行こう。だが、パスポートが戻ってきても、しばらくはここにいてほしい。簡単に君のかわりの人が見つかるとは思えないから」イエルンは彼女にプディングのおかわりをよそってから、椅子の背にもたれた。「それで、なぜ君は急にまた僕のことをドクター・ファン・デル・ヒーセンと呼ぶようになったんだい？　僕はイエルンになったと思っていたが」

コンスタンシアのグレーの瞳がきらめいた。「話し方がドクター・ファン・デル・ヒーセンという感じだったからよ。お給料とか、仕事の内容とか」

イエルンは声をあげて笑った。「すまない。だが、僕が言いたかったのは、君が一人になれる時間はほとんどないだろうということなんだ」

コンスタンシアは少しせつなそうに言った。「かまわないわ。大家族の一員として暮らすのはどんな感じだろうと、いつも思っていたの」

「看護した患者に家族はいなかったのかい？」

コンスタンシアはうなずいた。「ええ。みんな孤独で、不幸で、お金持ちだったわ」彼女は言った。「彼らはお金がありすぎるから不幸なんだと思うの。そういう人と一緒に暮らすことはできないわ」彼女はそこで言葉を切り、慎重につけ加えた。「お金なんてないほうがいいわ、イエルン。ミセス・ダウリングは……あなたはお金がなくて、三人の子供の面倒をみていると言っていたけど……」

イエルンの表情は穏やかなままだった。「彼女はどこからその話を聞いたんだろう？」

「わからないわ。でも、それが本当なら……私たちは友達だから言うけど、ものすごく不公平な話ね」

イエルンは皿をシンクへ運び、コンスタンシアはテーブルを片づけはじめた。「僕が言いたいのは」彼は再び口を開いた。「金に困ったら、君の給料を削らせてくれと頼むから心配いらないってことだ」

コンスタンシアはその言葉で納得するしかなかった。

二人は洗い物を終え、二階の居間でコーヒーを飲んだ。しばらくして、コンスタンシアが小ぶりで美しいマイセンのカップと銀のコーヒーポットをトレイの上にきちんと揃えると、イエルンは言った。

「君はまだ屋敷全部を見ていないと言ったね。今、見てまわろうか?」

時間もそれほど遅くはなかったし、疲れてもいなかったので、コンスタンシアはイエルンとともに廊下に出た。彼が居間の奥のドアを開けると、そこは背の高い窓がある小さな部屋で、肘掛け椅子が二脚と回転式テーブル、裁縫台が置かれ、壁際に象眼細工のほどこされた飾りだんすがあった。床に敷かれているのは刺繍《ししゅう》入りの絨毯で、同じ色合いのシルクのカーテンが窓にかかっている。家具は摂政時代風の繊細で優美なものだったが、その部屋は心の安らぐような場所だった。

「なんてかわいらしい部屋かしら!」すっかり心を奪われ、コンスタンシアは声をあげた。「ここに座っている自分を想像してしまうわ」

「好きなだけここを使ってくれていいよ」イエルンは請け合ってから、今度は凝った彫刻のほどこされた両開きのドアを抜けた。そのドアは小さなバルコニーにつながっており、そこから伸びる階段は階下の部屋に通じていた。その部屋は大きく、壁には本棚がずらりと並び、象眼細工の丸テーブルのまわりに座り心地のよさそうな赤い革張りの椅子が置かれていた。コンスタンシアは読書が好きだったので、大きなため息をもらした。

「すばらしいわ」彼女は息を吸いこんだ。「こんなに本があるなんて……でも、オランダ語よね」

「英語の本もかなりあるよ。テーブルに目録があるはずだ」

「なにもかも豪華ね。でも、くつろげるわ。ミセス・ダウリングの家も大きいけれど、趣味の悪い家具がたくさんあって、全然くつろげなかったわ」

イエルンは無言でほほえみ、図書室を出ると、今度は羽目板張りの壁にある小さなドアを抜けた。その先には狭い廊下があり、一方は玄関広間へ、もう一方は屋敷の奥へ続いていた。イエルンは奥へ向かい、突き当たりのドアを開けた。そこは温室で、春の花や低木が育ち、おとぎの国のようだった。

「庭師がいるの？」コンスタンシアは畏敬《いけい》の念に打たれたように尋ねた。

「ああ。この家の持ち主が手入れをしてくれと言ってね。ここを通り抜けて向こうのドアへ行こう」

次の部屋は舞踏室らしく、すべてが白と金色で統一され、天井には精巧な模様が描かれていた。イエルンがダイニングルームに続くドアを開けると、コンスタンシアは言葉を失った。そこはパラディオ様式の部屋で、初期のジョージ王朝風の家具が置かれていた。緑と白の大理石にさまざまな色の大理石をはめこんだ炉棚には思わず視線を引きつけられた。

「とても古いものなんだ」イエルンは言った。「十六世紀にミラノで作られたらしい」

廊下に戻ると、イエルンは最後のドアを開けた。

「この部屋はあまり使わない」その言葉を聞いても、コンスタンシアは驚かなかった。テーブルと椅子はとても豪華で金めっきがほどこされ、椅子の座面には刺繍がしてあり、絨毯はオービュソンだ。ブロケードのカーテンには大きな房飾りがついていた。

「ここに来るときはいちばんいい服を着ないと」コンスタンシアは言った。「もちろん真珠も必要ね。高価な指輪が一つ二つ、それにイヤリングも。服は小さなピンクの花が刺繍された、シルバーグレーのシルクかオーガンジーがいいわ。それだけ揃えたらきっと何百ポンドもかかるでしょうけど」

イエルンはなにも言わず、コンスタンシアを再び玄関広間へ促した。二人が階段に向かったとき、電話が鳴った。電話は広間から伸びる廊下にあるので、彼女にはイエルンのきっぱりとした声が聞こえた。だから戻ってきた彼にこう言われても驚かなかった。

「悪いが、僕は行かないと。明日の朝、また会おう。残りの場所はまた明日にでも案内するよ」

コンスタンシアはうなずいて静かにおやすみなさいと言い、イエルンが出かけると居間に戻ってコーヒーのトレイを取ってきた。キッチンは温かい雰囲気に満ちていた。彼女は慎重にカップと受け皿を洗い、銀のコーヒーポットと揃いの砂糖壺《つぼ》とクリーム入れを磨いてから、寝る準備をした。だが、新しい仕事のことが頭を離れず、美しいベッドに入る前に子供たちが眠っているのを確かめに行った。

5

翌朝、コンスタンシアがキッチンへ下りていくと、背が高くて体格がよく、陽気そうな青い瞳の中年女性がいた。コンスタンシアはすぐに彼女のそばへ行き、手を差し出した。「あなたがリーチェね。私はコンスタンシア・モーリーよ」

女性はほほえんで握手に応《こた》え、オランダ語でなにか言った。コンスタンシアにはまったく理解できなかったが、とくに困らなかった。朝食の準備をするという仕事はお互いによくわかっていたからだ。コンスタンシアはパンを切り、グラスにミルクをつぎ、テーブルを整えると、子供たちのようすを見に行った。男の子たちは支度ができていたが、エリザベスードを塗っているところで、金色の髪はもつれていた。コンスタンシアは靴をはかせて髪をとかしてやり、小さな顔にキスをすると、全員を階下へ急がせた。それからはかなりあわただしく、三十分後、彼女はようやく屋敷の裏にある小さな庭へ出て、三人の子供が通りへ出ていくのを見送った。

リーチェとともにコーヒーを飲みながら、コンスタンシアは自分が洗い物とキッチンの片づけをしたいとなんとか伝えた。リーチェは料理をしなくてはならないので、その申し出を喜んだようだった。

「ベッドメーキングも私がするわ」コンスタンシアはつたないオランダ語でなんとか自分の考えを理解してもらおうとした。出だしは少し苦労したが、最後にはわかり合えたので、彼女はうれしかった。リーチェは親切で辛抱強く、ユーモアもあり、二人はコンスタンシアの言い間違いを一緒に笑ってから、それぞれの仕事を始めた。

コンスタンシアが皿を洗いおえたとき、イエルンが入ってきた。彼はスラックスとセーターというでたちで、髭《ひげ》が伸びていたが、瞳はいつもどおり青く澄み、顔には穏やかな表情が浮かんでいた。

「コーヒーは?」コンスタンシアは尋ねた。「朝食もすぐに――」

「二十分後には診察を始めなくてはならないんだ。シャワーを浴びて髭を剃《そ》ってくるよ」

「食べないと、バスルームで気を失うわよ」コンスタンシアはきっぱりと言った。「座って、コーヒーを飲んでいて。トーストとゆで卵を用意するわ」

イエルンは命じられたとおりにした。朝食の用意ができると、コンスタンシアはコーヒーのおかわりをつぎながら言った。

「ゆうべの患者は赤ちゃんだったの? 赤ちゃんは夜に具合が悪くなるものよね」

イエルンは渡されたトーストにバターとマーマレ

ードをたっぷり塗った。「小さな男の子で、咽頭炎《いんとう》だった。喘鳴《ぜんめい》があってかなり危険な状態だったが、峠は越したと思う」

「病院にいるの？」

イエルンはうなずいた。「ああ。男の子の両親は農場を持っているんだが、人里離れた場所だから、入院したほうがいいと思ったんだ」彼は二枚目のパンを食べはじめた。「家に帰ってきたとき、どんなことがあったか尋ねてくれて、話を理解してくれる相手がいるというのはとてもいいものだな」

コンスタンシアは頬を染め、口ごもりながら言った。「そういう話を聞けば看護師がどんな反応をするか、あなたも知っているでしょう……」

「本当のところは知らない」イエルンは穏やかに笑った。「だが、想像はつくよ。とにかく、僕にとってはいいことだ」彼は椅子を押しやった。「朝食をありがとう。子供たちは学校へ行ったかい？」

「時間どおりに。リーチェはすばらしい人ね。私たちはわかり合えたの。というより、彼女が私の言いたいことをわかってくれたんだけど」コンスタンシアは温かい口調で続けた。「さあ、もう行って。診察が終わったころにコーヒーを用意しておくわ」

イエルンは戸口で彼女に向かってにやりとした。「小さなドラゴンだな。君のことさ。僕の書斎にあるんだが、君はそれにそっくりだ」

コンスタンシアはベッドを整え、寝室を片づけてから、リーチェのあとについて一階にあるほかの部屋を見てまわった。どの部屋も美しく整えられ、家具は磨きあげられている。リーチェはきっと奴隷のように働いているのだろう。イエルンが午前の診察から帰ってくると、彼女は書斎にコーヒーを持っていき、そのことを話題にした。「私にお給料を払う気があるなら、どうか手伝いの女性を雇ってちょうだい。リーチェが疲れきって倒れてしまうわ」

イエルンはコーヒーをカップについで尋ねた。

「君のカップは？」

「あとで階下《した》でいただくわ」

「今、一緒に飲もう」イエルンはフリジア風の戸棚に近づき、ガラスの戸を開けて華奢《きゃしゃ》なマイセンのカップとソーサーを取り出すと、彼女に渡した。

「あら、だめよ。落としてしまいそうで怖いわ」

イエルンはその言葉には答えずにカップにコーヒーをついだ。「座って、飲んでくれ」コンスタンシアは言われたとおりにした。「これから往診があって、昼食は外でとる。ハーグで人と会うんだが、夕方の診察と往診までには戻ってくるよ。うまくいけば七時か八時くらいには帰ってこられると思う」

「ここでお茶は飲まないの？」コンスタンシアは尋ねた。

「ああ。だが、診察のあとにはコーヒーを飲みたい。もし君が用意してくれるならね。子供たちがベッドに行く前に三十分くらいは時間を取れるようにするよ。それでいいかな？」

彼女はうなずいた。「それで、ドラゴンはどこ？」

イエルンは無言で立ちあがって再び戸棚へ向かい、荒々しい姿の小さなドラゴンを持ってきて彼女に渡した。それは磁器でできた精巧なもので、黒い模様が入っていた。

「初期のデルフト焼きだ」彼は説明した。「よくできているだろう？　じっくり見ると、全然恐ろしげじゃないんだ。笑っているようにさえ見える」

コンスタンシアはその美しいドラゴンを手の中でころがした。「とてもすてきね。これも屋敷の持ち主のものなの？」

「ああ」イエルンの声は穏やかだった。「彼は一族の所有物をとても大切にしているんだ」

彼女はドラゴンの頭を撫《な》でた。「いいことね。ところで、なぜあなたはこれが雌だとわかるの？」

「ついさっきまでわからなかった。キッチンで、これが明らかに君に似ていると気づくまでは」

コンスタンシアは声をあげて笑い、ドラゴンを彼に返した。「ばかばかしい。でも、ドラゴンを見せてくれてありがとう。なにか私にお手伝いできることはある？」

「今のところはないよ。とても有能な秘書が毎日午前中に来てくれるんだ」イエルンはほほえんだ。「だが、彼女が来られないときは、君にかわりを頼むよ」

コンスタンシアはコーヒーを飲みおえると立ちあがった。「これからリーチェに、キッチンの中のことをいろいろ教わるの。彼女がいないときにそなえて。またあとで会いましょう」

その日の午後早く、コンスタンシアが犬の散歩から戻ったとき、屋敷は静まり返っていた。リーチェの姿は見えないが、きっと家に帰ったのだろう。居間に行くと三匹の犬はそれぞれのバスケットで昼寝を始めた。コンスタンシアは少し寂しくなり、壁にかかっている男女の肖像画をぼんやりと眺めた。その青い瞳と高い鼻はイエルンを思い出させる。彼のおじさんとおばさんかしら？　コンスタンシアはぼんやりと考えながら、エリザベスのジャケットにかぎざきがあったことを思い出した。

あれを直して、子供たちの服を整理しよう。コンスタンシアは玄関広間に出て階段に向かおうとしたが、そこで背が低くやせた中年男性とばったり顔を合わせた。彼が持っているトレイには、ダイニングルームのサイドテーブルに置いてあった重厚な銀のティーセットがのっていた。泥棒？　それとも、屋敷の持ち主が高価な所有物を取りに来たのかしら？　彼女はぴたりと足をとめ、片言のオランダ語で尋ねた。「あなたはだれ？」それから、彼が泥棒でなかったときのために〝こんにちは〟と言い添えた。

だが、返ってきた答えはほぼ完璧《かんぺき》な英語だったので、コンスタンシアは当惑した。「こんにちは、お嬢さん。驚かせてしまったならすみません」彼は一息おいてから続けた。「私は週に一度、銀器を磨くためにここに来ているんです」

コンスタンシアはほっとしてほほえんだ。「そう。なにか私にお手伝いできることがあるかしら？ それともお茶をいれましょうか？」

「ありがとうございます。でも、結構です。リーチェがコーヒーを用意してくれているでしょうから。私はタルヌスといいます」

彼女は再びほほえんだ。「じゃあ、おじゃまはしないわね、ミスター・タルヌス」そして、階段をのぼりはじめてから振り返って尋ねた。「この屋敷の持ち主はよくここに来るの？ もし彼に会ったら、とてもすばらしいお屋敷で感心したと伝えてもらえる？」

ミスター・タルヌスのきまじめな顔に笑みが浮かんだ。「必ず伝えますよ、お嬢さん」

「私はドクター・ファン・デル・ヒーセンに頼まれて、子供たちがここにいる間、面倒をみるのを手伝っているの」

ミスター・タルヌスは軽く頭を下げた。「子供がいると、家の仕事がたくさんありますからね」

「ええ、そうね。でも、リーチェがいろいろ教えてくれるし、子供たちもいい子だから」コンスタンシアは再び階段をのぼりはじめた。「じゃあ、さようなら、ミスター・タルヌス」

「さようなら、お嬢さん」

振り返って彼が歩いていくのを見ながら、コンスタンシアはまるで映画に出てくる執事のようだと思った。

お茶の時間になると子供たちが帰ってきて、大騒ぎで紅茶を飲んだ。それからコンスタンシアは男の子たちの宿題を手伝った。エリザベスは宿題がないので、兄たちがテーブルで算数をしている間、静かに座って人形に服を着せていた。宿題が終わると兄たちはジグソーパズルを始めた。その間にコンスタンシアは、人形の新しい服を何枚か作ってあげるとエリザベスに約束した。

そのあと二人は男の子たちのジグソーパズルを手伝いはじめた。全員で床にうずくまってパズルをしているところへ、イエルンが入ってきた。

子供たちや犬はイエルンに駆け寄った。イエルンは子供たちの挨拶《あいさつ》にユーモアを交えて応え、犬たちをかまってから、コンスタンシアの方に向き直った。

イエルンが疲れているのを、コンスタンシアはすぐに見て取った。だが、彼の身なりは非の打ちどころがなく整っていた。いったいだれが彼の靴を磨き、スーツにアイロンをかけているのだろう？　彼女はそんなことを考えていて、彼に話しかけられたことに気づかなかった。「ごめんなさい。ちょっと考え事をしていて……」

「たいしたことじゃない」イエルンの口調は気さくだった。「子供たちと過ごした最初の一日がどうだったか知りたかっただけなんだ」

「なにもかも楽しかったわ。あなたは疲れているみたいね。コーヒーをいれましょうか？」

イエルンは首を横に振った。「仕事があるんだ。用があったら書斎に来てくれ。だが、もう少しここにいる。君は子供たちの夕食の支度があるだろう」

コンスタンシアもここにいたかったが、自分は家族の一員ではないと思い直し、明るくうなずいた。彼女はキッチンへ行き、簡単な夕食を用意した。子供たちはお茶の時間にしっかり食べているので、ミルクとビスケットだけだ。リーチェがオーブンに用意しておいてくれた料理のようすを見てから、ダイニングルームにイエルンの食事の支度もしておいた。

コンスタンシアはリーチェの忠告を思い出した。彼女によると、キッチンはイエルンが夕食をとるべき場所ではないという。コンスタンシアは、自分が彼と夕食をとるべきかどうかわからなかった。昨夜はそうしたが、それは彼女がくつろげるようにとイエルンが気をつかってくれたのかもしれない。

コンスタンシアが子供部屋に戻ると、今度はイエルンが床に座って子供たちと一緒にジグソーパズルをしていた。「夕食の準備はできたかい?」彼は顔を上げて尋ねた。「じゃあ、僕は書斎に引きあげるよ」

コンスタンシアは戸口から言った。「ちょっときたいんだけど」彼女は早口で続けた。「リーチェに、あなたの夕食はダイニングルームで出すようにと言われたの。キッチンで食べるのはよくないと。それであなたは……一人で食事をとるほうがいい?ずっとそうしてきたの?」


つまり、ゆうべは私も一緒だったけど、あれは最初の日だったから、私がくつろげるように気づかってくれたんだと思うの。ふだんは一人で夕食をとっているなら、そうしてくれてまったくかまわないわ」

コンスタンシアの言葉を最後まで聞いてから、イエルンは言った。「前もってはっきりさせておくべきだったね。もちろん僕たちは一緒に食事をする。それも仕事の一部だと思ってくれてかまわない。僕はその日の出来事を君に話したいし、君の意見が聞きたいんだ。リーチェは勝手だな」

「いいえ、そんなことはないわ」コンスタンシアはきっぱりと言った。「彼女はすばらしい人だし、彼女の主張は正しいわ。実際、あなたはダイニングルームで食事をするべきよ。リーチェが一人のときは無理だったかもしれないけど、今は私が食事の支度を手伝えるんだから」

イエルンは彼女の肩にやさしく手を置いた。「ずいぶん荒々しいね。あのデルフト焼きのドラゴンだってほほえんでいるのに……」

コンスタンシアは急に心が軽くなるのを感じ、にっこりした。

「そのほうがいい。僕たちの食事の時間はふだんどおりかい？」

「ええ。呼びに行きましょうか？」

「頼むよ」

コンスタンシアが書斎のドアをノックしたのは、ちょうど七時半だった。子供たちはいい子だったが、いかにも子供らしく、寝る前になるととくに元気になった。少し時間があったので、彼女は自分の部屋に戻って化粧を直し、一日じゅう着ていたツイードのスカートとセーターから、二枚だけ持ってきているワンピースの一枚に着替えた。茶色のコーデュロイのエプロンドレスで、その下にピンクの薄手のブラウスを着た。イエルンは椅子に座り、長い脚を机に投げ出しており、まわりには書類が散らかっていた。大きな机は美しい漆塗りで、天板は革張りだ。書類が散乱しているにもかかわらず、引き出しの中はきちんと整理されているのではないかとコンスタンシアは思った。イエルンには二つの面がある――彼の古びた車と着古した革ジャケットは、高級な仕立ての服やよく磨かれた靴とは正反対だ。そして、彼の気安く陽気なふるまいの裏には、機知に富んだ、断固とした一面がひそんでいる。

コンスタンシアが部屋に入るとイエルンが立ちあがり、さらに書類が散らかった。「すてきだ」その言葉に、彼女は顔を赤らめた。「家のことを手伝ってくれる人がいるとどんなに気分がいいか、君にはわからないだろうな」

「今まではどうしてきたの？」彼女は尋ねた。

「読書や書類仕事は夜になってから片づけていた」

イエルンはさらりと言った。「なにか飲もうか？」

コンスタンシアは熱心に夕食の支度をした。ダイニングルームは温かい雰囲気だった。ピンクのシェードがついた突き出し燭台《しょくだい》が、テーブルに並ぶ銀器やグラスに光を投げかけている。リーチェに言われたとおり、料理はあらかじめキッチンから運び、部屋の隅に置いた保温器にのせてあった。ロブスターのスープに黒胡椒《こしょう》風味のステーキ、付け合わせは新じゃがいもとブロッコリーだ。リーチェはすばらしい料理人だった。デザートは新鮮な果物で、コーヒーもキッチンのトレイに用意されている。イエルンが喜ぶのを見て、コンスタンシアはうれしくなった。彼はいったん部屋を出て、セラーから最高級のクラレットの瓶を持って戻ってきた。

「私は料理はしてないの」コンスタンシアは言った。「リーチェがすべて作ってくれて、私はテーブルの準備をしただけよ。ああ、それで思い出したけど、今日の午後、玄関広間でタルヌスという名前の、銀器を磨きに来た男性に会ったわ」彼女は野菜を皿に盛っていたので、イエルンの顔を見ていなかった。「あなたは彼を知っているんでしょう?」

「ああ……まあね」イエルンはうなずいた。「彼は長い間、ここで働いていて、銀器磨きが自分のいちばん大事な仕事だと思っているんだよ」

「彼はその仕事が好きなんでしょう。たぶんここの持ち主のためにもっと働きたいんだと思うわ」

イエルンはなめらかな口調で応じた。「そうだな」そして、しばらく黙りこんだあとで言った。「僕はいつも夕食のあとで犬の散歩に行くんだ」

よけいなことを言いすぎただろうかと不安になり、コンスタンシアはあわてて言った。「先にコーヒーを飲む? それとも帰ってきてからにする?」

「行く前に飲むよ。君も一緒に来るかい?」

今度はイエルンは穏やかに尋ねたが、コンスタンシアは硬い声で答えた。「いいえ、ありがとう。楽しかったけど、長い一日だったから」

居間でコーヒーを飲んでいる間も彼女は礼儀正しく会話を続け、イエルンが犬を連れて出かけると急いでダイニングルームに戻り、食事のあと片づけをした。洗い物をすませ、キッチンのテーブルに子供たちの朝食の用意をしたところで、彼が戻ってきた。

「なにをしているんだい？」

きかれるまでもない質問だったが、コンスタンシアは穏やかに答えた。「明日の朝の準備よ」

イエルンはさっとキッチンを見まわした。「夕食の食器は？」

「洗って、戸棚にしまったわ。リーチェがどこになにがあるか教えてくれたの」

「君に皿を洗わせるつもりはなかったんだ、コンスタンシア。朝になったらリーチェがやってくれるんだから」

彼女は驚いてイエルンを見た。「食事のあとすぐに洗ったほうが楽よ。それに、朝は朝食の支度があるし、子供たちの面倒もみないと。もちろん、あなたがそのままにしておけと言うならそうするけど」

彼女は身をかがめ、プリンスの頭を軽くたたいた。

「まるで僕が暴君のような口ぶりだな」イエルンは言った。「これからは一緒にあと片づけをして、一緒に散歩に行こう。君が疲れていない限りは」

コンスタンシアはにっこりした。「私は疲れてなんかいないわ。でも、あなたは夜は用事があるんじゃない？　つまり、友達と出かけるとか」彼女はそこでいったん言葉を切った。「ああ、私ってばかね。子供たちがいたんだもの、そんなことはできなかったに決まってるわ。でも、もう大丈夫よ。私がいるんだから」

イエルンはほほえんだが、なにも言わなかった。私は彼のことをほとんどなにも知らない。コンスタンシアは少しすねた気分でそう思った。彼の家族のことも、友人のことも、仕事のことも。彼は今の生活に満足しているようだが、この先ずっと人の家に住んで幸せなはずがないだろう。それに彼は結婚していない。でも、付き合っている女性はいるかもしれない。コンスタンシアは、背が高く、上品で美しい女性がこのすてきな屋敷をきれいな服を着て歩く姿を思い描いた。だが、ミセス・ダウリングが言っていたようにイエルンが貧しいとしたら、その女性は自分で服を縫わなくてはならないだろう。

長い沈黙のあと、コンスタンシアは歯切れよく言った。「そろそろおやすみなさいを言わないと。あなたは仕事があるんでしょう」

「夕食の前に終わらせたよ」イエルンは答えた。「三十分くらい話し相手になってもらえるかと思ったんだが……」コンスタンシアの返事を期待するように、彼は言葉を切った。

「もう一杯コーヒーをいれましょうか？」コンスタンシアはうれしくなって尋ねた。

「いいね。僕がトレイを運ぼう」

こうして二人は一時間ほどおしゃべりをした。コンスタンシアはイエルンの気さくな質問に促され、おばのことや彼女の家を相続した親戚《しんせき》の女性のことを話した。「私はとても住みつづけられなかったわ。不法侵入しているみたいな気がして」

「不愉快な女性だな。病院では楽しくやっていたのかい？」

過去を振り返ってみて、コンスタンシアは楽しかったと思った。友達はおおぜいいたし、仕事も順調だった。だが、今になってみると、幸せではなかったと気づいた。なにかが欠けている気がした。だから彼女は病院を辞め、派遣看護師になったのだ。しかし、そのことは口にしなかった。もうすでにいろいろなことを話しすぎた。彼女は立ちあがってコーヒーカップをトレイにのせ、長いことおしゃべりしすぎてしまったと謝り、もし社交生活を楽しみたいなら夜の子供の面倒は喜んでみると請け合った。

イエルンが大きな声で笑ったので、彼女は驚いた。

「君は僕を結婚させたいんだね。君が熱心に夜の外出を勧める理由はほかに考えられない。だが、冗談はさておき、夜に出かける機会が戻ってきたのはありがたいよ」

イエルンはコンスタンシアからトレイを受け取ってキッチンへ運び、片づけを手伝った。それから玄関広間でおやすみの挨拶をして、彼女が階段を半分ほどのぼったところで、イエルンは再び声をかけた。

「今日はいろいろありがとう、コンスタンシア。ここにいることに耐えられそうかい？」

コンスタンシアは振り返ってイエルンを見た。彼は階段の手すりにもたれ、ポケットに手を突っこんでいた。たくましく、頼りになりそうで、とてもハンサムに見えた。

「ええ、ここにいるわ」彼女は答えた。

それからの数日間は驚くほどの速さで過ぎた。パスポートやお金やバッグについての知らせはなにもなかったが、どういうわけかコンスタンシアはたいして気にならなかった。警察は捜査を始めると言ったのだから、あとは待つしかない。子供たちは仲よくなるにつれて少しやんちゃになってきた。それでも聞き分けはよかったし、コンスタンシアもだいぶオランダ語がわかるようになった。一つの理由は子供たちが喜んで教えてくれたからで、もう一つの理由は、家事をしている最中にリーチェが親切にいろいろなものの名前を教えてくれたからだった。イエルンとは一日にほんの短い時間しか顔を合わせなかった。彼がコンスタンシアの言葉を素直に受け入れ、二、三日続けて夜に出かけたことに、彼女は少しがっかりした。イエルンはどこへ出かけているのだろう？　彼は毎回ディナージャケットを着て、夕食は彼女一人でとるようにと言い残し、遅くなってから帰ってきた。やはり彼には友達がおおぜいいるのだろうと、コンスタンシアは思った。

だが、その週の終わりの土曜日、イエルンは家にいた。午後にはみんなで散歩に出かけ、キッチンでにぎやかにお茶を飲み、子供部屋に上がってゲームをした。翌日は学校がなかったので、子供たちはいつもより少し遅くまで起きていた。コンスタンシアはようやく子供たちをベッドに入らせるとキッチンに下りて、いつもどおりリーチェが作っておいてくれたすばらしい料理を温めた。

日曜日も彼は家にいたが、犬を散歩に連れていっていたせいで少し遅れて朝食に現れた。全員で皿洗い、ベッドを整えたあと、教会へ出かけた。

五人は背もたれの高い信徒席に並んで座った。子供たちはとても行儀がよかった。コンスタンシアの隣からは子供たちの甲高い大きな声が聞こえ、反対側の隣からはイエルンの低い声が聞こえた。説教は理解できなかったが、コンスタンシアは満足だった。彼女はエリザベスの小さな手を握りながら、この一週間について考えをめぐらせていた。そして、これまでの人生で最高の一週間だったと結論を出したとき、イエルンの視線を感じ、彼にほほえみかけた。

月曜日の朝、イエルンは、今日の外出は長引くので帰りは明日の朝になると告げた。さらに彼はタルヌスとリーチェに屋敷に泊まってもらうと言った。

「でも、私は大丈夫よ」コンスタンシアは請け合った。「二人に泊まってもらう必要はないわ」

「だが、僕は心配なんだ」イエルンは穏やかに言った。「犬ともうまくやれそうかい？」コンスタンシアがうなずくと、彼はにっこりした。「僕の机の上に電話番号を書いた紙が残してある。緊急のときはそこに連絡してくれ」

イエルンは子供たちを抱き締め、犬たちを撫でてから出かけていった。突然、屋敷が不自然なくらい静かに思えた。彼はもの静かな人なのにおかしな話だと、コンスタンシアは思った。

その日はとても長く感じられた。夜、子供たちがベッドに入ってからはさらにそう思えた。コンスタンシアは居間に座ってエリザベスの人形の服を作っている間、寂しさを覚えた。

「こんなことはよくないわ」コンスタンシアは一人つぶやいた。「これは一時的な仕事だということを忘れないようにしないと。なじみすぎてはだめよ。パスポートが見つかったら、ここにいる理由もなくなるんだもの。たとえイエルンがいてほしいと言っても、イギリスに帰るべきよ」だが、その口調は自信なさげだった。「デルフトにも子供の世話をしてくれる女性はたくさんいるはずだわ」

コンスタンシアはため息をつき、リーチェとタルヌスにおやすみを言うためにキッチンへ行った。二人はレンジの両わきに座っていた。リーチェは編み物をしていて、タルヌスは眼鏡をかけて新聞を読んでいる。まるで長く連れ添った夫婦のようだ。コンスタンシアが入っていくと二人は立ちあがり、声を揃《そろ》えておやすみなさいと言った。玄関広間に向かっているとき、背後から二人のささやき声が聞こえた。コンスタンシアは居間に行って縫い物を手に取るとランプを消し、二階へ上がった。

イエルンは朝には戻ってくる。コンスタンシアは部屋に向かう途中、自分に言い聞かせた。今日は彼がいなくてつまらなかった。彼と顔を合わせる時間は短いのに、その存在感は屋敷の中でとても大きい。

翌日、子供たちが学校に出かけたあとすぐに、イエルンが帰ってきた。コンスタンシアが洗い物を終え、子供部屋のベッドメーキングを始めたとき、階段を上がってくる足音が聞こえた。

カバーを取り替えるために枕《まくら》を顎にはさんだまま振り向くと、イエルンが戸口に立っていた。挨拶するコンスタンシアの声はくぐもっていたが、うれしさがにじんでいた。彼女はベッドに枕を置き、軽くたたいてから言った。「楽しい時間を過ごせた？　朝食かコーヒーは？　今朝、診察があるのかどうかきくのを忘れていたわね。もうすぐ八時半よ」

イエルンは笑いながら部屋に入ってきて、彼女の肩に手をかけた。「またドラゴンになっているよ。火を噴くみたいに質問を投げかけてきて。診察のことは心配しなくていい。別の人間がかわりを務めてくれているはずだ。それと、朝食はもうすんだから、あとで診察が終わったときにコーヒーをいれてくれ。僕がいなくて寂しかったかい？」

コンスタンシアは彼をぼんやりと見つめた。「ええ、寂しかったわ」そして、あわててつけ加えた。「みんなそうだったはずよ」

「君のパスポートが見つかったよ。警察から僕に連絡があった。ハーグの大通りの側溝に捨てられていたそうだ。指紋を取るために保管されているが、すぐに返してもらえるだろう」

コンスタンシアは苦い失望感を覚えた。これでイギリスに帰って寂しい生活に戻るのに、なんの障害もなくなった。彼女は口ごもりながら言った。「まあ、よかったわ」

イエルンはベッドの端に寄りかかり、彼女がシーツをもてあそぶのを見つめていた。「これで君はイギリスに帰れるな」

「そうね」コンスタンシアの声は妙に明るかった。

「だが、僕は君にここにいてほしいんだ、コンスタンシア。ふと思ったんだが、僕たちが結婚するというのはいいアイデアじゃないかな」

6

コンスタンシアの顔は真っ赤になったと思うと色を失い、グレーの瞳は大きく見開かれた。「あなたと結婚する?」彼女の声はうわずっていた。「でも、私たちはそんな……私は……」

「僕を愛していない?」イエルンはふだんとまったく同じ口調であとを引き取った。「だが、僕たちはお互いに好意を持っている。それはとても大事なことだ。僕たちは同じことを楽しみ、同じことで笑う。それに一緒にいると楽しい。そういうことが幸せな結婚生活を作るんじゃないかな。君には家族がいない。なんの束縛もないが、僕に言わせれば寂しい話だ。僕は世界じゅうに親戚《しんせき》がいる。彼らはみんな君を歓迎するだろう。僕はずっと結婚しろと言われてきたが、今まであまり真剣に考えたことはなかった」そこで彼は一呼吸おいた。「きっと僕はふさわしいときを待っていたんだと思う」イエルンは近づいてきてコンスタンシアの前に立ち、驚きととまどいの浮かんだ彼女の顔を見おろした。「愛情は必要ない……今のところは。僕の妻になるという考えに慣れるのに時間がかかるだろうから、せかすつもりはないよ。僕たちは友情協定のようなもので結ばれた関係を築けると思う。もしうまくいかなくても害はないし、君は自由になれる。当世では離婚するのも簡単だ」

コンスタンシアはイエルンの穏やかな顔を見つめ、その気軽な態度に寒気を覚えた。「離婚のことをそんなふうに話せるなら、本気じゃないわね」

「僕は本気だよ、コンスタンシア」イエルンは反論した。「離婚はしたくない。僕は、結婚生活がつらくなったら君を束縛する気はないと言いたかったんだ。君はこれから恋をするかもしれないし」

「あなただってそうよ」

「僕は三十九歳で、何度か恋愛もしたが、だれかを心から愛することはなかった。しかし君はまだ若いし、とてもかわいい。なぜ君が結婚していないのかわからないよ」

コンスタンシアはほほえんだ。「結婚したくなかったの。一人でいるのは少し怖いけど、それは結婚する立派な理由にはならないでしょう?」

イエルンは彼女の片手を取り、やさしく撫《な》でながら言った。「いや、とても立派な理由だ。それに君はデルフトで暮らすのがいやではないだろう? 医師の妻になることも、食事が遅くなったり、約束が破られたりすることも」

「まあ、私は……」コンスタンシアはそこで言葉を切り、イエルンをまっすぐ見た。「自分がそういう生活を楽しめるとわかってるわ。私はこの街やこの屋敷やここでの生活が好きだから、幸せになれるでしょう。あなたにとっていい相手になれるように努力するし、精いっぱいあなたの手助けをするわ。あなたは……これからもこの家に住むの? 結婚して私もここに住むことになったら、持ち主は反対するんじゃない?」

イエルンの青い瞳がきらめいたが、その光はすぐに消えた。「彼はとても喜ぶと思うよ」

「それに、子供たちは?」

「あの子たちは君が大好きだ。あと数週間して子供たちがいなくなったら、退屈するかい?」

「退屈? とんでもない。オランダ語を勉強する必要があるでしょうし、リーチェに料理も教わらないと。居間にある椅子は新しいカバーが必要だし、犬もいるわ」

「僕の家族や友人もね」イエルンはコンスタンシア

のもう片方の手も取り、自分の両手にしっかりとはさみこんだ。「僕には君と分かち合いたいおおぜいの家族がいるんだ」

「すてきね。でも私たちは……知り合ってからまだ日が浅いわ、イエルン」

「ああ、だが、出会ってすぐに君が言ったことを思い出してほしい。まるで古い友人同士みたいだと君は言ったが、僕もそう感じるんだ」

「私たちは、最初はただの友人になるのよね？」

「そのとおりだ」

「でも、私はあなたがとても好きよ。今まで出会っただれよりも。だから、もしあなたがうまくいくと思うなら、私はあなたと結婚するわ」

「うまくいくさ」イエルンは請け合い、にっこりした。「僕はずっとドラゴンと結婚したいという野望を抱いていたんだ」彼は身をかがめ、コンスタンシアの頬に軽くキスをした。「診察があるからそろそろ行かないと。だが、往診に一緒に来てくれ、そうすれば話ができる」

イエルンは行ってしまった。コンスタンシアはその場に立ち尽くしたまま、すべてが夢だったのではないかと思っていた。だが、しばらくするとベッドメーキングを再開し、混乱する頭の中をなんとか整理しようとした。さっきはなにも尋ねる暇がなかったけれど、私たちはいつ結婚するのだろう？　それに、どこで？　新郎の親族はおおぜいいるのに新婦側には一人もいないなんて、奇妙な結婚式になるだろう。コンスタンシアにも友人はいるが、イギリスで結婚式を挙げるのならともかく、オランダまで来てもらえるとは思えなかった。

彼女はベッドメーキングを終えると子供部屋のおもちゃやゲームを片づけ、コーヒーをいれるために階下に下りた。

診察を終えて家に帰ってきたとき、イエルンはベルを鳴らしてコーヒーが欲しいと知らせてくる。そして今、キッチンの壁についている古めかしいベルの音を聞き、コンスタンシアは急に恥ずかしくなった。それでもトレイを持って書斎へ行くと、イエルンはいつもどおり机に向かってカルテを整理していた。コンスタンシアが入ってきたのに気づいて顔を上げ、彼は言った。「やあ、ちょっと待ってくれ」そして、インターコムに向かって話しはじめた。

コンスタンシアはイエルンの秘書に会ったことがなかった。部屋に入ってきた秘書はせわしない感じの小柄な女性で、分厚い眼鏡をかけていた。彼女はコンスタンシアと事務的な握手をしたが、イエルンがなにか言うと、もう一度彼女の手を握り直した。

「僕たちはもうすぐ結婚すると言ったんだ」

部屋を出ていくとき、秘書のコリーがからかうような視線を二人に投げかけたので、コンスタンシアはかすかに顔を赤らめた。イエルンはそれを見て笑った。

「彼女はとても働き者なんだよ」彼は言い、コーヒーカップを手に取った。「結婚のことをリーチェとタルヌス、それに子供たちにも伝えないとね」そのとき電話が鳴り、イエルンは受話器を取って話しはじめた。しばらくしてようやく電話を終えると、彼は簡潔に説明した。「研修医からだった。往診についての話だ。往診には君も来てほしい」

「子供たちは？」

「リーチェがいる」彼は腕時計を見た。「五分後で大丈夫かい？」

コンスタンシアはすぐに立ちあがってコーヒーのトレイをさげ、コートと手袋を取ってくるために階段を駆けあがった。イエルンは何事も急がない落ち着いた人という印象だが、一日にふつうの人より多くの仕事をこなしているようだ。彼のことをさらに知っていくのは楽しい。コンスタンシアはそう思いつつ、階段を駆けおりた。

往診は街中から始まり、村や農場へ移っていった。その合間にイエルンは話をした。コンスタンシアのパスポートが戻ってきたらすぐにイギリスへ行き、特別許可証を取って静かに式を挙げようと、彼は言った。

「盛大な結婚式は必要ない。僕たち二人と司祭だけで、どこかの村の教会で式を挙げよう。帰ってきたらパーティを開いて、そのときに君を一族に紹介する。結婚式に参列してほしい人はいるかい？」

コンスタンシアはいいえと答え、イエルンの案を歓迎した。彼も自分の親族ばかりが教会を埋め尽くす結婚式は奇妙だと思っているのだろう。

「好きな村を選んでくれ」イエルンは言った。「そうしたら僕が手配する。イギリスですませたい用事はあるかい？　荷造りは？」

コンスタンシアは、わずかな衣類と細々とした大切なものはトランク一つにまとめて友達のフラットに預けてあると告げた。

「それは向こうを出るときに受け取ればいいな。もしよければロンドンに泊まって買い物をしよう」

「なにを買うの？」彼女は結婚するのにかかる費用とイギリスまでの旅費を考え、心配そうに尋ねた。

「いろいろとね。花婿は花嫁にプレゼントを贈るものだろう？　それで思い出したが、ミセス・ダウリングに払わせた金がポケットに入ってるんだ」

「彼女のところへ行って払ってもらったの？」コンスタンシアは畏敬《いけい》の念を抱きながら尋ねた。

「ああ。彼女は君に戻ってきてほしがっていたよ」

コンスタンシアは小さく鼻を鳴らした。「私は戻りたくないわ」

「勝手だが、僕から彼女にそう伝えておいた。君の仕事は僕の屋敷でおしまいだ」

イエルンは草地に伸びる、わだちのできた小道に車を乗り入れた。やがて着いた小さな農家は納屋や離れの陰に立っていて、三月の明るい日差しの中でみすぼらしく見えた。彼が患者を診ている間、コンスタンシアは車の中で、ここでの生活について静かに考えをめぐらせていた。彼らは食べ物や服に使う金もじゅうぶんにないのかもしれない。

イエルンが戻ってきて隣に座ると、彼女は自分の考えていたことを口に出した。車はぬかるんだ中庭をバックして、再び小道を走りだした。

「君のやさしい心根を幻滅させたくはないが、この患者は必要なだけの金を持っているんだ。だが、かなりのけちでね。家の中には思いつく限りの電気製品があるし、ここの土地は豊かなのに、新しいカーテンや家具を買ったらどうかと言われても、彼は耳を貸さない。服なんて論外だ。必要になれば家にペンキを塗るが、それも木が腐るのを防ぐためでしかない。しかし、彼の牛小屋や納屋は立派なものだ」

「かわいそうな奥さん」コンスタンシアは心から同情して言った。「新しい帽子を買うのに必死に頼まなくてはならないなんて!」

「彼の考えでは、帽子は単に頭をおおうためのものらしい。奥さんの帽子がばらばらに壊れたら、新しいのを買ってもいいと言うんじゃないかな」

「ひどいわ!」コンスタンシアは力をこめて言った。

イエルンは含み笑いをした。「僕は一年に二つまで帽子を買うことを許可するよ」

そのあとの会話は気軽なものだった。

昼食は軽食とコーヒーですませ、再びフィアットに乗りこむと、二人はハーグを目ざした。

「あなたは病院のベッドをいくつ担当してるの?」コンスタンシアは尋ね、十五という答えを聞いて驚いた。だが、次の言葉にさらに仰天した。

「ロッテルダムの病院でも同じ数だけ担当しているんだ」

彼女はハーグ郊外の景色から視線を引き離し、イエルンの横顔を見た。「あなたは一般医だと思っていたけど、違うのね？　なにが専門なの？」

「動脈性疾患だ」

「顧問医？」

「ああ」

コンスタンシアは無意識のうちに息を吐き出した。

「まあ、よかった……つまり、あなたは結婚してもやっていけるくらい稼ぎがあるのね」

「君はそれを心配していたのかい？」

「ええ、まあ、ちょっとね」

「なんとかやっていけるよ。だからもうそんな心配はしなくていい」イエルンは午後の早い時間の街中をゆっくり走った。やがて車は細い道に入り、角を曲がって病院の入口に着いた。彼はフィアットを二台のBMWの間の狭いスペースに入れ、腕時計に目をやった。「まだ五分ある」彼はポケットをさぐった。「君に渡したいものがあるんだ」

イエルンは小さなベルベットの箱を取り出し、蓋《ふた》を開けた。そこには指輪があった。ゴールドの台座に大きなルビーが五つ並び、両わきにダイヤモンドがついた指輪だ。

「僕の母、僕の祖母、その前は祖母の母のものだった。みんな手が小さかったから、きっと君にも合うだろう」

「本当に美しいわね」コンスタンシアは言い、左手を差し出した。イエルンの言うとおり、サイズはぴったりだった。彼女は手を動かしていとおしげに指輪を眺め、これが二人の結婚のよい前兆でありますようにと願った。そして心からお礼を言った。

「君はかわいらしい手をしているね」イエルンは言った。「さて、行こうか？」

今日は驚くことばかりだわ。コンスタンシアはそう思いながら、大きなドアを抜けて広い玄関ロビーに入っていった。そこでは若い男性が待っていた。イエルンは二人をそれぞれに紹介すると、もうすぐ自分とコンスタンシアは結婚するのだとつけ加えた。さらに二人の研修医らしい男性がやってきて彼らと挨拶《あいさつ》をすませたあと、イエルンはロビーの奥へ伸びる迷路のような廊下を歩きだした。

「君はウィトマ看護師と一緒にいてくれ。彼女は病棟の副師長なんだ」彼はコンスタンシアに向かってほほえんだ。「僕は一時間くらいで戻る」

ウィトマ看護師はコンスタンシアと同じくらいの年で、かなり英語がうまかった。彼女はコンスタンシアを連れて病院の中を案内した。コンスタンシアが途中でふと足をとめると、主病棟の大きな窓の向こうにイエルンの姿が見えた。白衣を着た医師や制服姿の看護師に囲まれている。ふいに彼が手の届かない人に思え、コンスタンシアはその男性と、ついさっき指輪をはめてくれた男性は同じ人物なのだと自分に言い聞かせた。

デルフトに帰る車の中で、イエルンは自分の仕事について気軽に話したが、屋敷の前で車がとまると、コンスタンシアは少しきつい口調で言った。「あなたは自分が医学部の教授だなんて言わなかったわ」

「ああ、たいして重要なことだとは思わなかったから」

イエルンの声はとても穏やかだったので、コンスタンシアのいらだちも消えてしまった。「怒るつもりはなかったの。ただ、私はあなたのことをあまり知らないから……」

「知っているのはミセス・ダウリングから聞いたことだけか」二人は揃《そろ》って笑い、屋敷に入った。

子供たちは結婚の知らせを聞き、とても喜んだ。指輪を興味深そうに眺め、結婚式について話し、興奮のあまりお茶の時間の食べ物にも手をつけないほどだった。リーチェとタルヌスも喜んでくれた。

少しすると、イエルンがのんびりと言った。「僕はこれから子供たちの母親に電話をするが、一緒に来るかい？」

コンスタンシアはできるだけ早く家族の一員になりたかったので、うなずいた。

子供たちの話によると、イエルンの姉のレビーナは今、カリフォルニアにいて、夫が向こうで大きな商談をまとめているらしい。イエルンは机に寄りかかり、電話がつながるのを待った。

「君もきっとレビーナを好きになるよ」彼はコンスタンシアに言った。「君よりだいぶ年上だが、とても楽しい女性だ。近いうちに帰ってくる」

イエルンは自分が姉と話しおえるとパウルを呼び、それからピーテル、エリザベスにかわった。三人が数分ずつ話したので、コンスタンシアは電話代が心配になった。エリザベスがやっと受話器から引き離されると、コンスタンシアが呼ばれた。

「これからコンスタンシアが出るよ」イエルンは言い、受話器を彼女の耳に当てた。

レビーナはやさしい言葉でコンスタンシアを歓迎してくれた。コンスタンシアはしばらく気楽におしゃべりしてから、ふいに自分がだいぶ長く話していたことに気づき、申し訳なさそうにイエルンを見た。彼は穏やかにほほえんで受話器を受け取り、さらに三、四分、姉と話をした。

イエルンはそのあとすぐに病院に呼び出されたので、コンスタンシアは子供たちを寝かしつけ、それから夕食の用意をした。リーチェは婚約の知らせに興奮したらしく、いつもよりさらに熱心に料理を作ったようだった。レンジにはロブスターのスープがかかり、冷蔵庫にはポーチドエッグとサラダ、クリームを添えたシュークリームが用意されていた。こんなすばらしい料理なら、いちばんお気に入りの服を着てもいいだろう。コンスタンシアはベルベットのスカートとそれに似合うサファイアブルーのベスト、クリーム色のシルクのブラウスを身につけた。

彼女が階段を下りていると玄関の鍵《かぎ》が開く音がして、イエルンが入ってきた。

イエルンはコートを椅子にほうり、鞄《かばん》をテーブルに置くと、コンスタンシアに近づいてきた。彼女は階段を下りたところで足をとめ、服を着替えたことに気づいて彼がなにか褒め言葉を言ってくれるのではないかと期待した。だが、イエルンは黙って彼女を見つめていただけだった。

「遅くなってしまったね」彼は言った。「五分で行くよ。ウイスキーをついでおいてくれるかい？」

コンスタンシアはなんとか笑みを浮かべてうなずき、居間へ向かった。彼の態度が変わる理由などなにもない。二人の関係はまったく変わらないのだ。

それでも夕食は楽しかった。二人は笑いながら話をして、将来のおおまかな計画を立て、イエルンがセラーから持ってきたシャンパンを飲んだ。

イエルンはグラスを置いて言った。「どこで式を挙げようか？　それに、いつがいい？」

「そうね、あまり考える時間がなかったんだけど、私のおばがサリー州のギルフォードに住んでいて、よくコンプトンという小さな村に行ったの。私の友達が住んでいたから。その村に教会があったんだけど、そこで結婚するのはばかげているかしら？」

「まさに僕たちの希望にぴったりだよ。教会の名前は覚えてるかい？」

コンスタンシアは覚えていた。

「よし。すぐ連絡してみるよ。土曜日か日曜日ならかまわないかな？」

「次の週末？　子供たちの面倒をみてもらう手配ができるかしら？　少し早すぎない？」

イエルンは眉を上げた。「先延ばしにする理由もないだろう？　次の週末なら僕は非番だから、金曜日の夜に出発して土曜日に式を挙げ、日曜日に帰ってこられる」

イエルンの言うとおり、結婚式を先延ばしにする理由もなく、コンスタンシアは黙ってうなずいた。そのあとイエルンがまた病院に呼び出されたので、彼女は静かにおやすみなさいとだけ言った。

毎日が飛ぶように過ぎていき、そのうちコンスタンシアはイエルンと結婚することを当然のこととして受け入れられるようになった。パスポートを取り戻したコンスタンシアは、イギリスの銀行にわずかな蓄えがあることに勇気づけられ、結婚式のために帽子と新しい手袋とハンドバッグを買った。靴は今のものでいいし、服は持ってきているツイードのスーツを着ればいい。ツイードは濃いグリーンと青の生地なので、帽子はそれに合うものを選んだ。柔らかい無地のフェルト地で、結婚式向きとは言えないが、小さな縁が彼女の愛らしい顔にぴったりで、片側についた上品なシルクのリボンがアクセントになっている。新しい服を一式揃えられたらすてきだろうが、そんな必要はなかった。イエルンが二人の結婚式を簡単に手っ取り早くすませようとしているのは明らかだった。

それでも金曜日の夜に出かける前には、コンスタンシアはとくに念入りに身支度をした。二人はカレーから出る最終のホバークラフトに乗り、その晩はコンプトンに泊まり、土曜日の朝、結婚する予定だった。きっとその日もコンプトンに泊まり、日曜日にデルフトに戻ってくるのだろう。イエルンに予定を尋ねてもよかったのだが、忙しそうだった。彼は買い物をすると言っていたけれど、そんな暇はないだろう。

二人を見送るために、全員が玄関広間に集まった。子供たち、リーチェ、タルヌス、それから洗濯をしに来てくれているベット。犬たちもいて、ブッチは猫らしく少し離れたところに座っていた。コンスタンシアが急いで階段を下りてくると、イエルンがちょうど書斎から出てきたところだった。彼は控えめなグレーのスーツを着て、革のジャケットのかわりにキャメルのコートを腕にかけていた。私は花嫁らしく見えないのに、彼は花婿らしく見える。だが、今さら不平をこぼしてもしかたがない。私は新しい服を買うお金がなかったのだし、イエルンにお金を貸してほしいと頼むつもりもなかった。たとえイギリスに着けばすぐに借りたお金を返せるとしても。

コンスタンシアは華やかな結婚式を思い浮かべ、ため息をついた。白いサテンとシフォンのドレス、花嫁付添人、教会に集まった家族や友人たち……。だが、それも一瞬のことだった。イエルンが階段の下に来て、彼女の手を取ったからだ。

「とてもすてきだよ」イエルンは言い、みんなは二人を取り囲んで祝福の言葉を口にした。コンスタンシアは子供たちと握手をしたり抱き合ったりしてから玄関へ行った。みんなは開いたドアのところに立って最後のお別れを言い、イエルンはコンスタンシアの腕を取って車まで連れていった。だが、そこにとまっていたのはフィアットではなく、光り輝くダイムラー・ダブルシックスだった。

コンスタンシアはぴたりと足をとめて言った。「あなたの車じゃないわ」

「ああ、違うな」イエルンの口調はいつもどおり穏やかだった。「だが、フィアットはこういう場面にふさわしくない」

彼の答えは想像どおりだったので、コンスタンシアは結論に飛びついた。「またあなたのおじさんね？　彼はなんていい人なのかしら。会ったらぜひ抱き締めたいわ」

「きっと彼は喜ぶだろう」イエルンはやさしく言っ

た。「さあ、行こうか。長い道のりだから」

フリシンゲンまでは高速道路を使ったので時間が短縮でき、二人はちょうどブレスケンス行きのフェリーに間に合った。コンスタンシアには見るものすべてが新鮮で、魅力的だった。マース川を渡る二十分ほどの間、車を降りてデッキに出ようとイエルンは言った。彼が興味深いものを指さすたびに、コンスタンシアは手すりから身を乗り出した。さわやかな風と興奮のせいで頬をピンク色に染め、彼女は心から楽しんでいた。自分が結婚式を挙げる場所に向かっていることさえ忘れていた。イエルンの態度もそれを思い出させるようなものではなかった。そのあとの道のりをダイムラーはいともたやすく走り抜け、二人はまもなくカレーに着いた。

ホバークラフトに乗るまでには少し時間に余裕があったので、コーヒーを飲んだ。コンスタンシアは海峡を渡るのを楽しみにしていたのに、いざ船に乗りこむと、短い船旅の間、イエルンの広い肩を枕《まくら》にしてぐっすり眠ってしまった。ドーヴァーに近づいたところで、彼はそっとコンスタンシアを起こした。彼女は驚いて目を覚ました。

「知らないうちに眠ってしまったわ……ごめんなさい、イエルン」

「謝らなくていいよ。僕も考え事をしていたから」

イエルンの口調はやさしくなだめるようだったので、コンスタンシアはほっとした。

「よかった」彼女は言い、さらにつけ加えた。「私がしゃべりすぎていたらそう言ってね」

「たぶんそんなことは起きないだろうな。僕たちはそれほど長い時間、二人きりではいられないだろうから」

確かにそのとおりだと、コンスタンシアは思った。デルフトに戻ったら、イエルンは毎日仕事が忙しいし、彼女は屋敷や子供たちや犬の世話に追われるだろう。二人が一緒に過ごせるのは夜の一時間ほどに違いない。だが、コンスタンシアはその時間が楽しみだった。実際のところ、彼女は新しい生活のすべてが待ち遠しかった。

ドーヴァーを離れると、あとは百五十キロほどの道のりで、その大半は高速道路だった。半分を過ぎたところで、コンスタンシアはなぜこんな大事なことを今まできき忘れていたのだろうと思いながら尋ねた。「今夜はどこに泊まるの？」

「ゴダルミンだ。コンプトンからほんの数キロのところだよ。そこでゆっくり朝食をとり、余裕を持って教会へ行こう」

「式は九時半からだったかしら？」コンスタンシアはイエルンのようにできるだけのんびりした口調を装って言った。

「ああ、十時には教会を出られるだろう。昼にはロンドンに着ける。買い物をして、どこかで食事をし
て、それからダンスか劇場へ行こう」

「結婚のお祝いね」コンスタンシアは幸せそうに言った。「そのあとはゴダルミンに戻るの？　それとも、まっすぐ戻って夜のフェリーに乗るの？」

「ロンドンのホテルの部屋を取ってあるんだ」イエルンはコンスタンシアの方をちらりと見てほほえんだ。「なんといっても、特別な機会だからね。日曜日の午後に出発すれば、夕方には家に着く。残念ながら月曜日の午前中に一つ二つ約束が入っていて、午後は病院の回診があるんだ」

コンスタンシアは明るい声で言った。「かまわないわ。私も子供たちを学校に送り出さないといけないし、買い物にも行かないと」

イエルンは大きな声で笑った。「まるで僕たちがもうすでに立派に結婚生活を送っているような言い方だな」

ホテルは町はずれの広々として静かな場所にあり、

快適だった。だが、コンスタンシアは部屋で身づくろいをしながら疲れを覚えた。すぐにベッドに入りたいけれど、イエルンは夕食をとれるようにしてあると言っていたし、彼女自身も空腹だった。コンスタンシアはイエルンと合流し、おいしいスフレと空気のように軽いフルーツタルトを存分に味わった。

コンスタンシアはイエルンについでもらったワインを飲み、彼の勧めでコーヒーにブランデーをたらした。そのころには眠くて頭がぼんやりして、とにかくベッドに入りたかった。二人は一緒にダイニングルームを出たが、イエルンは階段の下で彼女におやすみの挨拶をして、七時半にモーニングコールを頼んであると言った。「ベッドまで朝食を運んでもらえるよ」彼はつけ加えた。「おやすみ、コンスタンシア」

コンスタンシアもおやすみなさいと言い、自分の部屋に行って寝る支度をした。そしてベッドに入ってから、心の隅に引っかかっていた考えが頭をもたげてきた。気にするなんてばかげてるわ。彼女は自分にそう言い聞かせたものの、イエルンがおやすみのキスをしてくれたらよかったのにと思っていた。でも、友情は愛情と同じくらい温かいものだ。コンスタンシアは長い間ずっと孤独だったから、彼の友情が与えてくれる安心感を必要としていた。

だが、朝になると、なにも問題はなかった。イエルンはコンスタンシアが階段を下りてくるのを待っていて、頬に軽くキスをしてくれた。おかげで彼女の頭の中に渦巻いていた漠然とした不安は消え去った。「なにもかもうまくいくわよね、イエルン?」

「きっとうまくいく。約束するよ」イエルンの声はいつもどおり穏やかだったが、しっかりした響きがあり、彼女が求めている安心感を与えてくれた。

コンプトンの教会へ向かう車の中で、二人はあまり話をしなかった。すがすがしい朝だとか、田舎では春の気配が感じられるとか、そういう話題以外は。教会に着くと、イエルンはコンスタンシアが車から降りるのを手伝い、彼女の手を取って半分開いているドアへ向かった。

司祭はすでに中で待っており、前方の信徒席には立会人を務める二人が座っていた。コンスタンシアは大きく息を吸いこんでイエルンの手をきつく握った。彼は安心させるようにその手を握り返した。

「ちょっと待って」イエルンはつぶやき、座席に飾られていた菫《すみれ》の花をつまんでコンスタンシアのジャケットにつけた。「花嫁のための花だ」彼がそう言ってやさしくほほえんだので、彼女の目に涙が浮かんだ。

ばかみたい、結婚式で泣きたくなるなんて。コンスタンシアはいらだたしげにそう思いながら、イエルンと腕を組んで司祭の待つ祭壇へ向かった。

7

もちろん、これまでとはなにかが違うように感じるはずだ。式が終わって三十分後、快調なスピードでロンドンに向かう車の中で、コンスタンシアは考えこんでいた。今や私は結婚した。結婚式の言葉はほとんど耳に入らなかったし、指にはまっているゴールドの指輪が自分のものだとはまだ信じられない。でも、イエルンがこれをはめてくれ、私も彼の指に指輪をはめたのだ。

コンスタンシアは横目でちらりとイエルンを見た。ふだんどおり落ち着いて見える。彼はコンスタンシアの方を見ずに淡々と言った。「とてもスムーズに終わったと思わないか？　僕はあの教会が気に入ったよ。僕たちのような結婚式にはぴったりだ」

彼の言うとおりだった。小さな古い教会にはステンドグラスの窓から色のついた光が差しこんでいて、とても落ち着いた雰囲気だった。コンスタンシアは菫《すみれ》をそっと撫《な》で、ふいに幸せな気持ちになって尋ねた。「私たちはどこへ向かってるの？」

「コーヒーを飲まなくても我慢できるかい？　買い物をしたいんだ」イエルンは彼女にほほえみかけた。「まっすぐホテルへ行って、昼食の前に買い物をすませよう。土曜日だから、午後にはほとんどの店が閉まってしまうだろう」

イエルンがどんな店に行くつもりなのかききたかったが、コンスタンシアはその気持ちを抑えて言った。「ええ、そうでしょうね。道はわかってるの？」

「ああ、大丈夫だ」ロンドンに近づくと、イエルンは車のスピードを落とした。川を渡ったあと、車がピカデリーの方に向かったので、コンスタンシアは少し驚いた。車はさらにバークリー・スクエアを抜け、それからマウント・ストリートに入ったので、彼女は問いかけるようにイエルンを見た。「さあ、着いたよ」彼は言い、〈コンノート〉の入口に車をつけた。

「ここ？」コンスタンシアは小声で尋ねた。「〈コンノート〉よ……五つ星のホテルじゃないの」

イエルンはさっさと車から降りようとした。「コンスタンシア、結婚というのはありふれた出来事じゃない。ちょっとしたお祝いをするのは当然だ」

イエルンにドアを開けてもらうと、コンスタンシアはうれしそうに車を降りた。きっと彼は貯金をしていたのだろう。それに、一晩だけのことだ。彼と一緒にホテルに入ると、従業員たちの歓迎ぶりにコンスタンシアは感激した。イエルンがサインをすませると、二人はエレベーターに向かった。

部屋は二階だった。コンスタンシアは贅沢《ぜいたく》な部屋を見まわして喜びがこみあげるのを感じ、イエルンに向かって言った。「本当にすてきだわ。あなたは信じられないくらいやさしいのね、イエルン。こんなすてきなことが待ってるなんて、思ってもみなかった」

イエルンは窓際に立って外を見ていたが、彼女の方を振り返ってやさしく言った。「結婚式が質素だったから、その埋め合わせをしたかったんだ。すぐに出かけるつもりだが、疲れてはいないかい?」

とにかく店を見てまわりたいと、コンスタンシアは明るく答えた。彼女は軽い足取りで自分の部屋に行って化粧を直し、帽子の角度を整えてから、準備ができたと彼に告げた。

「どこで買い物をするの?」ボンド・ストリートを歩きながら、コンスタンシアは尋ねた。

「ここだ」イエルンは〈スーザン・スモール〉という店にすばやくコンスタンシアを引っぱっていった。

そして、彼女が驚いて息をのんでいる間に店員に声をかけ、妻にジャージー素材のスーツを見せてやってくれと頼んだ。コンスタンシアはなんとか呼吸を整えつつ、イエルンに警告しようと店員の背後で怖い顔をしたが、さっさと試着室に連れていかれ、ずっと欲しいと思っていたような服を見せられた。コーヒー色のジャージー素材のスカートとノースリーブのシャツ、それにぴったりのもう一段濃いコーヒー色のジャケットだ。いかにも高価そうな服だったので、彼女はあえて値段を尋ねなかった。

試着室を出るとイエルンに褒められ、コンスタンシアは頬を赤らめた。しかし、彼の次の言葉にぞっとした。

「ドレスも必要だな。クレープ地でひだのついているものがいい」イエルンが反論するならしてごらんとでも言いたげな視線を向けたので、コンスタンシアはおとなしく試着室へ戻り、華やかなクレープデシンのドレスを選んだ。襟元に細かいひだがあり、細いベルトがついている。色はかすかにくすんだピンクで、彼女のルビーの指輪によく似合った。

衣装だんすに加わるすてきな服がいったいいくらしたのかわからないまま、コンスタンシアは店を出た。だが、夫の顔を見てなにも言うべきではないと悟った。それでも彼が〈レインズ〉という店に入っていきながらこう言ったときは、抵抗せずにいられなかった。

「あの服に似合う靴が必要だよ、コンスタンシア」

そしてイエルンは、彼女が淡いコーヒー色の山羊革《やぎ》の靴とエナメルの靴のどちらにしようか迷っている間、静かに座って待っていた。彼女はようやく山羊革の靴に決め、その値段にショックを受けつつも、あえてなにも言わなかった。店を出たところで彼女は礼を言い、イエルンに有り金をはたかせないために通りかかったタクシーをとめ、乗りこんだ。

ホテルに着くとすぐに買い物の荷物を預かってもらえたので、二人はそのままカクテルバーへ行った。コンスタンシアはイエルンが再び大胆にも注文したシャンパンのカクテルを飲み、その酔いも手伝って、鶏肉《とり》のシャンパン煮とおいしいスフレを彼とともに楽しんだ。そして最後に、のぼせあがった頭をはっきりさせるためのコーヒーを飲んだ。

「ここはとてもすてきな場所ね」コンスタンシアは二杯目のコーヒーを飲みおえると言った。

「散歩に行くかい?」イエルンは尋ねた。「それとも、少し休みたいかい?」

「休むですって? 時間がもったいないわ。私は散歩が大好きなの」

二人はグリーンパークを、次にセント・ジェームズパークを散歩しながら最初はとりとめのない話をしていたが、やがて子供たちの話題が出た。「あの子たちはもうすぐ家に帰る」イエルンは言った。

「だが、レヒーナとブラムがパリに行く間、また屋敷に来るんだ。子供たちがいないと寂しいかい？」

「とてもね。三人ともかわいいもの。きっと家の中ががらんとして寂しくなるでしょうね」

「君がいなかったら、もっと寂しくなっただろうな」イエルンは親しげにコンスタンシアの腕を引き寄せた。「どこかでお茶を飲もう」

イエルンに〈リッツ〉に連れていかれ、コンスタンシアはまたもや驚いた。彼はこの短い休暇にありとあらゆる楽しみを詰めこむつもりらしい。彼女は紙のように薄いサンドウィッチと小さなケーキを食べ、中国茶を飲みながら、信じられないほどすてきなこの出来事を心から楽しんだ。イエルンは小さなテーブルごしに、今夜の劇場のチケットを取ってあると言った。それは彼女が見たいと思っていたミュージカルだった。

コンスタンシアは小さなケーキの最後の一口をのみこむと、イエルンに輝くような笑みを向けた。

「こんなことは想像もしていなかったわ。私たちは結婚するためにイギリスに来ただけで、すぐに帰ると思っていたの。でも、あなたはすてきな服やすばらしいホテルやこんな豪華なお茶の時間をプレゼントしてくれた」

「君にはそれ以上の価値があるよ、コンスタンシア」イエルンはにっこりしてから続けた。「さて、歩いてホテルに戻るかい、それともタクシーを拾うかい？」

「歩くわ」コンスタンシアはきっぱりと答えた。イエルンが使った莫大《ばくだい》なお金をこれ以上一ペニーたりとも増やす気はなかった。

ホテルに着くと、イエルンはコンスタンシアに、自分の部屋でゆっくりするようにと言った。「六時半にカクテルバーで会おう。あのドレスを着てきてくれ。ミュージカルは八時半からだから、食事をする時間はたっぷりある」

コンスタンシアはもう少しイエルンと一緒にいたかったが、言い争いたくなかった。彼はもうじゅうぶんな時間を一緒に過ごしたと思っているのだろう。コンスタンシアは自分の部屋に戻って風呂に入り、ゆっくり身支度をした。鏡を見て、彼女は自分の姿に満足した。髪は美しく結いあげられ、新しい口紅は新しいドレスの柔らかいピンクにぴったりだ。カクテルバーに下りていくと、イエルンはディナージャケット姿で彼女を待っていた。コンスタンシアは彼がそんな格好をしているとは予想もしていなかったので正直にそう言ってから、つけ加えた。「あなたはとてもハンサムね、イエルン」

イエルンはお礼を言い、楽しげに唇をゆがめた。

「君をハンサムとは言えないな、小柄だし、かわいらしすぎるから。ただ、君は僕がこれまで見た中でいちばん美しいドラゴンだよ」

コンスタンシアは鼻にしわを寄せて笑い、その瞬間からすばらしい夜が始まった。二人は再びシャンパンのカクテルを飲み、レストランでディナーをとった。オードブルに始まり、舌平目とサラダが続き、締めくくりはミルフィーユだった。二人はまたシャンパンを飲み、のんびりとコーヒーを楽しんだので、急いで劇場に行くはめになった。タクシーの中で、コンスタンシアは再びイエルンにお礼を言った。

「こんなすてきな時間を過ごしたのは生まれて初めてよ。きっと一生忘れないでしょう。あなたは退屈していない？」

イエルンはシルクのドレスの膝の上に置かれたコンスタンシアの手を取った。「僕の人生で、これほど退屈と縁遠かったときはないよ」

ミュージカルはすばらしかった。そのうえコンスタンシアは、ハンサムな男性にエスコートされた自分がとても美しく見えるとわかっていた。彼女は興奮と疲れと幸せのせいで頭がぼんやりしたままホテルに戻ったので、ロビーでイエルンにおやすみと言われたときは少しがっかりした。だが、もう一度静かにお礼を言った。「ありがとう、イエルン。最高の結婚式の日だったわ」

コンスタンシアの手を握るイエルンの手に一瞬、力がこもり、彼女はたじろいだ。だが、彼はすぐに笑顔で手を離した。「僕も楽しかったよ。ぐっすり眠ってくれ。朝食は階下《した》でとるかい?」

コンスタンシアはうなずき、九時でいいかと尋ねられて再びうなずいてから、階段を上がった。階上の回廊に着いて振り返ると、イエルンはまだ階段の下に立って彼女を見つめていた。

あっという間の一日だったわ。ロンドンからドーヴァーに向かう車の中で、コンスタンシアはそう思った。二人はロンドンの通りをぶらつき、公園を散策し、〈サボイ・リバー・レストラン〉で昼食をとった。ロブスターのムース、ほろほろ鳥とフォアグラ、そして、すばらしい食事の締めくくりはミルク・プディングだった。

その後、二人は川沿いを歩きながら気軽におしゃべりをして、〈コンノート〉に戻って車に乗りこんだ。そして今、ロンドン郊外を離れた車の中で、コンスタンシアは黙って座席にもたれていた。

コンスタンシアは隣の男性に注意を向け、ギアに軽くのせられた手をじっと見つめた。大きな手だ。薬指に結婚指輪がはめられていて、しみ一つない袖《そで》口から腕時計がちらりと見える。彼女はかすかに眉を寄せた。この腕時計はとても高価なものだ。紙のように薄いゴールドの時計で、クロコダイルのバンドがついている。きっとあの屋敷に住んでいいと言ってくれている親切なおじさんからの贈り物だろう。彼女はそんな考えを振り払い、イエルンの手を見つめつづけた。力強くがっしりしていて、しかもやさしい感じがする。見ているだけで将来は安心だと、幸せになれると確信できる。彼女はひそかにほほえんで尋ねた。「何時ごろ家に着くかしら?」

「七時半過ぎかな。道路の込み具合にもよるが。子供たちは風呂に入って寝る支度をして待たせておくようにと、リーチェに言ってある」

イエルンはカンタベリーに入ると車のスピードを落とし、そこから数キロ走って道を曲がった。

「なぜペット・ボトムというところへ向かっているの?」コンスタンシアは尋ねた。

「〈ダック〉という宿があるんだ、以前行ったことがある。そこで紅茶を出してくれるはずだ」

そこはかわいらしい小さな宿で、二人は火のそばに座って紅茶を飲んだ。しかし長居はしなかった。ドーヴァーまであとほんの二十キロほどだが、ホバークラフトの時間に間に合わないと困る。

今度こそは眠らないでいようと、コンスタンシアは思った。でも、そんな決心は必要なかった。イエルンは巧みに言い訳をして、持ってきたブリーフケースから書類を取り出して読みはじめたからだ。まるでコンスタンシアはいつ眠ってもかまわないよとでも言いたげに。彼女はなぜかひどく腹が立ち、まったく眠くならなかった。

だが、そう長く怒ってもいられなかった。船を降りるときに、イエルンがこう言ったからだ。「僕が君を好きな理由の一つは、むだ話をしないからさ」

イエルンはデルフトまでスピードを上げて車を走らせた。アウデ・デルフトの屋敷の前に車がとまったのは午後七時だった。イエルンの手を借りてコンスタンシアが車を降りると、玄関のドアが勢いよく開いた。子供たちは歓声をあげて玄関前の階段を駆けおりてきた。リーチェとタルヌスも玄関広間に立っていて、そのうしろにはベットの姿も見えた。二人の男の子がコンスタンシアの手を握り、エリザベスが首に抱きついた。

コンスタンシアはリーチェとタルヌス、それから内気なベットとも握手をしたあと、興奮した子供たちに押されるようにしてダイニングルームに行った。テーブルには白いダマスク織りのクロスがかけられ、銀器とグラスが輝き、春の花を生けたボウルが中心に飾られている。席は五つあった。子供たちはコンスタンシアのまわりを飛びはねながら、ディナーのために起きて待っていたと興奮した声で説明した。

「二人の結婚パーティだよ」パウルは言った。「イエルンおじさんが、僕たちの手伝う仕事を書いた紙を置いていったんだ」

そこへエリザベスが割りこんだ。「新しい服ね。とてもかわいいわ。コンスタンシアはかわいいわよね、イエルンおじさん？」

笑顔で戸口に立っていたイエルンは即座に答えた。「ああ、とてもかわいいよ」そして、子供たちの頭ごしにコンスタンシアと目を合わせた。「新しい服が本当によく似合っている」

コンスタンシアは彼が服のことに気づいていないのではないかと疑っていたので、頬を染めて言った。「てっきりあなたは気づいていないのかと……」

イエルンは再びほほえんだ。「すまない、もっと早く言えばよかった。だが、君はなにを着ていてもすてきだから」

「まあ」コンスタンシアはなにか優雅な言葉を返そうと必死に考えをめぐらした。だが、なにも思いつかなかったので、もう一度〝まあ〟とつぶやき、イエルンの笑みがさらに広がるのを見ていた。ささやかな沈黙を破ったのはエリザベスだった。

「すぐにディナーを食べてもいい？　特別なお料理なんだもの。それにおなかがすいたわ！」

子供たちがまたしゃべりはじめると、イエルンはコンスタンシアに、自分の部屋に上がって身づくろいしてくるように言った。「できるだけ早く頼むよ。そうすれば、子供たちが料理に飛びつく前に飲み物を飲める」

二人が小さいほうの居間で静かに飲み物を飲んでいる間、子供たちは秘密の仕事に取りかかっていた。まもなく三人が明るい色の包装紙をかけた包みを持って戻ってきたので、コンスタンシアとイエルンはゆっくり話をする暇もなかった。

「結婚のプレゼントだよ」パウルがまじめくさって言い、弟と妹と一緒に、二人が包みを開けるのを心配そうに見つめた。コンスタンシアへの贈り物の一つは小さな陶器の犬だった。その犬は彼女の足下に座っているプリンスによく似ていた。もう一つは苺《いちご》の形をした針山、最後は鉛筆がついたノートだった。一つ開けるたびにコンスタンシアは歓声をあげ、子供たちがこんなふうに心をこめてプレゼントを選んでくれたことに感激した。

「針山ね！」彼女はうれしそうに言った。「ちょうど鏡台に置いておきたいと思ってたの。なんて気がきくのかしら、エリザベス。それにこの小さなかわいい犬は、プリンスにそっくりね。ベッドサイドのテーブルに置いておくわ。このノートも毎日使わせてもらうわね。ありがとう、みんな」そして彼女はイエルンの方に視線を向けた。「おじさんにはなにをあげたのかしら？」

「ペンだ。僕が一日じゅう使うものだな」イエルンはパウルにほほえみかけた。「ありがとう。それにすてきなハンカチもある」彼はキスしてもらうために駆け寄ってきたエリザベスに向かってにっこりした。「それからこれは……」彼が最後の包みを開けると、今度はシェパードに似た陶器の犬が二匹出てきた。「シバとソリーだな。机の上に置こう。こんなすばらしいプレゼントをもらえるなんて思ってもみなかったよ」彼はそう言って立ちあがり、コンスタンシアに向かって手を差し出した。「さあ、そろそろ特別なディナーの時間だ」

リーチェは最高の料理を用意していた。透きとおったスープは、今夜の給仕役を押しつけられたらしいタルヌスによって運ばれてきた。続いて新じゃがいもを添えた鱒《ます》のムニエルとサラダが出たが、なんといってもすばらしかったのはデザートだった。リーチェはアイス・プディングを巧みに二段重ねのウエディングケーキの形に作りあげていた。コンスタンシアはみんなに勧められ、仰々しくケーキカットをした。

興奮してしゃべりつづける子供たちをなんとかベッドに入らせ、コンスタンシアが階下に戻ると、イエルンが書斎から出てきたところだった。「すまない、病院の研修医から電話があったんだ。どうしても診なくてはならない患者がいる」

コンスタンシアは失望を抑えこんだ。居間の暖炉のそばで静かな時間を過ごすのを楽しみにしていたのに。だが、医師の妻になった以上、こういう事態は当然、ありうることだ。彼女は感情を押し隠して明るく言った。「当然だわ。深刻な事態ではないといいけど。長くかかりそう?」

「おそらくね。先に寝ていてくれ。朝食で会おう」

それから数日間、イエルンはかつてないほど忙しそうだった。食事のときには顔を合わせたし、一時間ほど一緒に過ごせる夜もあったが、友情を深める機会はなかった。二人の話題は子供たちのことや仕事に関することが多かった。それでも彼は、今日はどんなふうに過ごしたかと必ずコンスタンシアに尋ねた。だから彼女はイエルンが興味を持ちそうな家事の話をした。マイセンの食器を慎重に洗って応接間にある大きな食器棚にしまった話とか、階上の踊り場で、座面のレースのカバーが傷んでいる小さな椅子を見つけた話などだ。

「私がカバーを作り直したら、この屋敷の持ち主は気にするかしら？」コンスタンシアは尋ねた。「レース編みはやったことがないんだけど」

「きっと喜ぶよ」イエルンは椅子にもたれ、片手を頬に当てた。「とくにその椅子を気に入ると思うな」

「よかった。じゃあ、やってみるわ。彼のためになにかしたいの。いつ彼に会えるかしら？」

「近いうちに会えるさ。来週、子供たちの母親が帰ってくるから、姉とブラムのためにディナーパーティを開こうと思っている。だが、まずは僕たちの結婚を祝う身内のパーティがあるはずだ」

「まあ、あなたの家族に気に入ってもらえるといいけど。ところで、イエルン……ここでディナーパーティを開く余裕はあるの？」コンスタンシアはかすかに眉を寄せた。「おおぜいのお客様を呼ぶんでしょう？」

イエルンはほほえんだ。「そうだな。おばのウィルヘルミナとおじのヨルス、おばのエリザベスとおじのダーク、大おばのユリアと大おじのラウレンティウス、祖母のファン・デル・ヒーセンと、いとこのランドロフ、バルソリナ、アディリア、ヘスティア、キロ、姉のレヒーナに妹のユディタ、弟のマルレ、ルノー、それにもちろん――」

「イエルン」コンスタンシアは懇願した。「お願いよ、とても覚えきれないわ！　いったいあと何人いるの……？」

「君は家族が欲しかったんだろう」イエルンは穏やかに言った。

「ええ、確かにそうよ。でも、一度に全員に会うなんて！　なにを着たらいいの？　あのすてきな新しいドレス……あれでいいかしら？」

「もちろんさ。僕たちの結婚を祝うパーティは、ハーグにある祖母の家で開かれる」

「私を一人にしないわよね？」

コンスタンシアが心配そうに尋ねたので、イエルンはなだめるように言った。「ああ、しないよ」

たとえイエルンと過ごす時間は短くても、コンスタンシアは毎日幸せだった。古い屋敷の手入れをしたり、子供たちを学校に送り出し、食事をとらせ、夕方には宿題をさせたりする生活を楽しんでいた。それになにより、子供部屋に集まってトランプやモノポリーをしているときに、ほんの数分でもイエルンが加わる夜が楽しかった。彼はいつも夕食を家でとるとは限らなかった。講義や会議、診察が忙しく、コンスタンシアは子供たちが寝たあとは一人寂しく、裁縫をしたり、少しでもオランダ語を覚えようとテレビを見たりして過ごした。

今や少しは言葉も上達し、リーチェと一緒に買い物に行ったときは舌をまるめて異国の言葉を発音してみたりした。私には毎日することがたくさんあるじゃないの。彼女は自分を励ました。今や私には家族がいて、切り盛りすべき家もある。リーチェが家事の大半をこなしてくれてはいるけれど。だが、コンスタンシアはのみこみが早く、キッチンでリーチェが料理を作るのをじっくり観察し、彼女が帰ったあとで自分で簡単な料理を作ってみることもあった。

コンスタンシアはイエルンの家族からもらった手紙の返事を書いた。みんな親切で、心から彼女を歓迎し、イエルンの妻として受け入れてくれていた。それがわかってから、コンスタンシアは彼らに会うのが楽しみになった。

だが、まずはレヒーナとその夫に会う機会がやってきた。夫妻は今日の午後、オランダに着く予定で、そのまま子供たちを迎えに来る。そして一晩ここに泊まり、明日の朝に子供たちを連れてハーグの自宅に帰ることになっていた。コンスタンシアは興奮している子供たちを学校へ送り出すと、なにも手落ちはないかと屋敷じゅうを歩きまわった。イエルンは診察に行っているが、コーヒーを飲むときには会えるはずだから、すべてが満足な状態になっているか確かめよう。だが、イエルンは彼女の質問を聞いて笑い、なにもかも完璧《かんぺき》だから心配いらないと言った。

「君はきっとレヒーナを好きになるよ」イエルンは安心させるように言った。「彼女はエリザベスが大きくなったような感じなんだ。ブラムは一緒にいてくつろげる、もの静かな男だよ」

キッチンに下り、夕食の準備をするリーチェを手伝いながら、コンスタンシアは今夜の食事はお金がかかりすぎているのではないかと思った。確かに特別な機会ではあるが、リーチェはバターとクリームをふんだんに使っているし、値の張る新じゃがいもとアスパラガスも用意されている。それにあの大きな牛肉の固まりよりも、チキンのほうがずっと安いだろう。イエルンが自分の収入を教えてくれればいいのに。そうしたらどれくらい節約すればいいかわかる。だが、イエルンは毎日の食事にかかる費用など気にもしていないようだった。たぶん子供たちが一緒に住むことになったとき、姉となにか取り決めをしたのだろう。三人は健康な子供らしくかなりの量を食べるのだから。コンスタンシアは眉を寄せて考えこみつつ、子供たちの夕食用にミルク・プディングを作りはじめた。

〝私たちが帰ってくるときには、ママとパパはここにいる？〟学校に行く前、エリザベスが心配そうに尋ねたので、コンスタンシアはきっといるはずだと請け合った。それに、イエルンも屋敷にいるはずだ。彼のいないところで義理のお姉さんに会うなんて、考えたくもなかった。

だが、心配は無用だった。イエルンは一時間ほどすると帰ってきて、あわてたようすもなくただいまと挨拶《あいさつ》し、自分の部屋へ行った。コンスタンシアは応接室で、客がまだ来ないかとあっちの窓からこっちの窓へせわしなく動きまわっていた。

だが、落ち着き払っているイエルンのおかげで、コンスタンシアの緊張も少しずつやわらいできた。そして、彼女が熱心に子供たちの話をしているとき、玄関広間の方から呼び鈴の音が聞こえた。コンスタンシアは途中で言葉を切り、かすれた声で言った。

「ああ、イエルン、いらっしゃったわ……」

イエルンはにっこりして立ちあがり、コンスタンシアのことも引っぱって立たせ、手を握った。「さあ、二人に会ってくれ。きっと彼らは君のことを大好きになるよ」

イエルンの言葉を聞いてコンスタンシアは不思議と安心し、自分が求められていると感じることができた。義姉に会うことが楽しみにさえなってきた。

このところいつも屋敷にいるタルヌスが、すでに玄関のドアを開けていた。義姉夫妻の顔に浮かぶ親しげな表情から判断する限り、タルヌスは彼らと知り合いのようだ。だが、イエルンが玄関広間を横切っていくと、タルヌスは控えめにうしろに下がった。

イエルンは挨拶をすませてから、再びコンスタンシアの手を握って言った。「レヒーナ、彼女がコンスタンシアだ。電話で話しただろう」

姉は弟にほほえみ返してから、コンスタンシアの方に向き直った。「あなたのことはいろいろ聞いてるわ。会えるのを楽しみにしていたのよ」その口調はやさしく、キスも温かかった。ブラムは中背でがっしりした体つきの、ハンサムな男性だった。彼もコンスタンシアに腕をまわし、温かいキスをした。

彼女は自分のつまらない疑念が消えていくのを感じた。新しい家族のうち、少なくとも二人は好きになれそうだ。二人も私を気に入ってくれるといいが。

応接間にはすでに紅茶の用意ができていた。コンスタンシアは気持ちを落ち着け、ジョージ王朝風のティーポットから繊細なカップに紅茶をついだ。タルヌスが再び現れ、リーチェが作った小さなサンドウィッチとケーキを置いて、また姿を消した。

紅茶を飲みおえたころ、せわしない三つの足音が急いで近づいてくるのが聞こえた。子供たちは〝ママ！ パパ！〟と叫びながら居間に入ってきて、両親の腕の中に飛びこんだ。

しばらくして子供たちの興奮がおさまってから、コンスタンシアはレヒーナを客間へ案内した。もちろんエリザベスもついてきた。三人は手をつないで階段を上がり、大きな客用寝室に入った。レヒーナは幼い娘に、荷物の中からおみやげをさがしてみなさいと言った。それから天蓋《てんがい》のついたベッドに座り、手招きして隣にコンスタンシアを呼んだ。

「あなたはイエルンが言っていたとおりの人だわ。あなたが弟と結婚してくれて私たちがどんなに喜んでいるか、あなたはわからないでしょう。弟はあんなふうだから、一生望むような女性を見つけられないんじゃないかと思ってたの」レヒーナの笑顔は弟によく似ていた。「私たちに会うのは怖かったでしょう？ でも、もう緊張しなくていいわ。家族はたくさんいるけど、みんなあなたを好きになるはずよ。祖母があなたのためにパーティを開くと聞いたわ。前もって言っておくけど、みんなロングドレスは着ないわよ」

コンスタンシアは安堵《あんど》のため息をついた。「まあ、よかった。私はロングドレスを持っていないの。でも、ロンドンでイエルンがクレープデシンのすてきなドレスを買ってくれたから、それを着るわ」

「いいと思うわ」レヒーナは親しげにコンスタンシアを見つめた。「あなたはとてもかわいらしいわね。こんな義理の妹ができてうれしいわ」

会話はエリザベスによって中断された。女の子はようやく見つけた包みを持ってきて二人のまわりをはねまわったので、三人はまた階下に下りた。一時間ほどしてから、コンスタンシアは子供たちの服がきちんと荷造りされているか確かめてくると告げた。

「私も行くわ」レビーナはきっぱりと言った。「夕食までは男性たちに子供を見ていてもらいましょう。あの子たちはいい子にしていた？」

「ええ、とても。明日からきっと寂しくなるわ」

子供部屋に入ると、コンスタンシアはもうここで夜にトランプをすることもないのだと思い、寂しさを覚えた。だが、レビーナの言葉を聞いて再び明るい気分になった。「イエルンから聞いたと思うけど、すぐにまた二晩ほど子供たちを預かってもらうわ。ブラムはパリで仕事があるから」

レビーナとともに階下に下りると、コンスタンシアは夕食の準備ができているか見に行った。リーチエが料理を作り、ベットも皿洗いを手伝うために残っていた。すべての準備が整っているのを確かめ、コンスタンシアはダイニングルームへ戻った。

輝くグラスと銀器が並び、中心にコンスタンシアが生けた花が飾られたテーブルはとても美しく見えた。彼女はなにもかも完璧にしたかった。イエルンをがっかりさせることはなんとしても避けたかった。

やがて子供たちがベッドに入り、大人たちは飲み物を手に、ディナーの席についた。だが、タルヌスが料理を運んできたのでコンスタンシアは驚いた。それに気づいたのだろう、イエルンが言った。

「君を驚かせてしまったね。今夜もタルヌスが残って手伝うと言ってくれたんだ」

コンスタンシアは向かい側に座るイエルンにほほえんだ。「かまわないわ。すてきな驚きだもの」

「きっとこの先もっと驚かされるよ」ブラムは言い、警告するような妻の視線に気づき、少しためらってからつけ加えた。「人生は驚きに満ちているものだ」

コンスタンシアはベッドに入ってから今夜を振り返り、大成功だったと思った。みんなで応接間の暖炉を囲み、コーヒーを飲みながら世間話をしたのは楽しかった。だが、イエルンの家族についてもっと話が聞けたらよかったのにと彼女は思っていた。その話題はほとんど出なかったし、出ても曖昧《あいまい》な話で終わってしまった。客たちが寝室に引きあげたあと、コンスタンシアとイエルンはもうしばらくとりとめのない話をしていた。しかし、少しすると彼女もしぶしぶもうベッドに入らなくてはならないと告げた。

イエルンはコンスタンシアと一緒に階段の下まで来たが、仕事を終わらせてから階上に行くと言った。コンスタンシアは、すてきな夜だったわ、タルヌスに手伝いを頼んでくれてありがとうと感謝の気持ちを伝えた。「彼はよくここに来ているのね」彼女は思いきって言った。「でも、あなたの親戚《しんせき》の方は気にしないんでしょうね」

「彼はとても親切だからね」イエルンは請け合った。

「君は幸せかい、コンスタンシア?」

「ええ」コンスタンシアはイエルンの穏やかな顔を見あげた。「こんなに幸せだったことはないわ」

「よかった。なるべく早く、君がこの屋敷の持ち主と会えるようにするつもりでいる。祖母のパーティのあとにでも」

そう言ったときのイエルンの笑顔を思い出し、コンスタンシアはそこになにか別の意味があるような気がした、だが、それがどういう意味なのかはわからなかった。たいしたことじゃないわ。彼女は眠い頭で思った。イエルンはこれまで出会った中でいちばんすてきな人なのだから。

8

翌日、子供たちとその両親が帰ったあとの屋敷はとても静かだった。リーチェは買い物に出かけ、タルヌスの姿は見えない。洗濯を終えたベットは帰ってしまった。コンスタンシアは花の世話や子供部屋の戸棚の整理をしたあと、自分の昼食の用意をした。そして三匹の犬と一緒に、ブッチを膝にのせてキッチンで食事をとった。リーチェが帰ってくると少し寂しさがまぎれた。だが、リーチェは夕食のために野菜を刻んでキャセロールに入れ、オーブンをセットし、カラメル・カスタードが冷蔵庫のどこにあるか告げると、再び帽子をかぶってコートを着た。

「また明日」彼女は笑顔で言い、キッチンの奥から屋敷の裏口へ続く廊下に消えた。

こうしてコンスタンシアはまた一人になった。イエルンは朝食の席で、お茶の時間までは戻ってこないと言い、コーヒーも飲まずに出かけていった。

コンスタンシアは小さいほうの居間へ行って火のそばでまるくなり、オランダ語学習の本を開いた。来週からレッスンを受ける予定だが、少し予習しておくのも悪くないだろう。だが、むずかしいページにくると、彼女は本を置いた。やる気が出ない。きっと子供たちがいなくなって寂しいからだ。でも、子供たちはすぐにまたやってくるし、レヒーナもハーグに遊びに来てくれと言っていた。

ぼんやりと窓に近づき、コンスタンシアは通りを見つめた。こんな生活はいやだ。彼女は子供が何人もいる屋敷で、忙しく彼らを学校に送り出し、食事をさせ、その片づけをして、イエルンのために家をきれいにするのが好きだった。考えてみると、イエルンのために家を整えるのはとてもすてきなことだが、彼はほとんど家にいない。

分厚いカーテンをもてあそびながら、コンスタンシアは自分に言い聞かせた。結婚に同意する前から、イエルンが忙しいことはわかっていたはずよ。今ごろ愚痴を言っても遅いわ。屋敷は広く、することはいくらでもある。彼女は今まで行く機会のなかった屋敷のいちばん上まで行ってみることにした。子供たちが屋敷を探検したときは、そこにはだれもいなかったという。だが、そう言ったのはパウルで、彼は弟と妹に警告するような視線を向けていた。コンスタンシアはその理由を考えながらゆっくりと最初の大きな階段をのぼり、次に三階へ続く、少し狭いが優雅な階段をのぼった。さらに階上へは細い螺旋《らせん》階段が伸びていた。子供たちの話では、そこには屋根裏部屋と倉庫があるという。

螺旋階段の上は狭い踊り場で、その両側にドアがあった。片側のドアの取っ手をまわすと、あっさり開いた。驚いたことにそこは居間になっていて、ひととおりの家具が揃《そろ》っており、現在だれかが使っているのは明らかだった。コンスタンシアは勝手に人の家に入りこんでしまったような気分になって外に出ると、もう一つのドアを開けてみた。そこは寝室で、部屋の奥にもう一つ寝室があり、狭いバスルームとキッチンまでついていた。「まあ！」コンスタンシアは思わず声をあげ、どうしていいかわからずに階下に駆けおりた。

ようやく玄関広間にたどり着き、困惑のあまり立ち尽くしていると、ドアが開いてイエルンが入ってきた。彼はあと数時間は帰ってこないはずだったが、コンスタンシアはそんなことも忘れて彼に駆け寄った。おかえりなさいも言わず、彼女は叫んだ。

「子供部屋の上にだれか住んでいるの、イエルン？　掃除が必要かと思って見に行ったんだけど、確かにだれかが住んでいるようだったわ。あなたは知っているのよね……？」

イエルンは鞄《かばん》とジャケットを慎重に置いてから答えた。「あの二つの部屋はときどきリーチェが使ってるんだ。キッチンから裏階段でつながっているから、彼女が泊まるには便利なんだよ。だれも君に話していなくてすまなかった」彼はやさしくほほえんだ。「驚かせてしまったね。僕が書斎でカルテを整理する間、一緒に来て座っていてくれ。屋敷に一人でいたから寂しかっただろう」

「ええ、寂しかったわ。でも、もう大丈夫よ。なにか磨くものでもさがそうと思ってたんだけど、あなたと一緒に書斎にいるほうがいいわ。お茶の時間まで家にいる？」自分の声に切望がこもっていることに、コンスタンシアは気づかなかった。

「ああ、夕方の診察が始まるまではね。夜は何事もないといいんだが」

書斎は温かく、革と本のにおいがした。すっかり安心したコンスタンシアは椅子の上で体をまるめ、古い雑誌を読んでいた。イエルンは机に向かって書き物をして、ときおり電話に応《こた》え、口述録音機に向かって手紙を口述した。しばらくしてコンスタンシアは紅茶の用意をするために立ちあがりながら、なぜ私は寂しいなんて感じたのだろうと思った。この午後が永遠に続くような気がした。

だがもちろん、そんなことはなかった。二人で居間の暖炉のそばで紅茶を飲んでおしゃべりしているうちに診察時間になり、コンスタンシアはキッチンに行って夕食の支度を始めた。たいしてすることもなかったが、キッチンは居心地がよかった。

コンスタンシアは楽しい気分でキッチンを歩きまわり、それからダイニングルームのテーブルを整えた。夕食の時間はあまりにも早く過ぎた。彼女は深夜まででも起きていられたが、イエルンは目を通さなくてはならない書類があると言った。だから十時過ぎには二階に上がることにした。彼におやすみの挨拶《あいさつ》をしてから、コンスタンシアはつけ加えた。

「あなたが家にいると楽しいわ、イエルン。私たち、うまくいっているわよね？」

「もちろんだ」彼の穏やかな言葉に彼女は満足した。

日々の生活は相変わらず楽しかった。イエルンは夜は家にいて、昼食のときも帰ってきた。そのうえ書斎で仕事をするときはコンスタンシアに一緒にいるようにと言ったので、彼女は静かに座っていた。ときおりイエルンは顔を上げて彼女の意見を求め、その答えを真剣に聞き、再び仕事に没頭した。

コンスタンシアはその夜のパーティのためにゆっくり時間をかけて準備をした。二度、髪をまとめ直し、丁寧に化粧をして、ピンク色のクレープデシンのドレスに身を包み、階下に下りていった。玄関広間のテーブルにはイエルンの走り書きのメモがあった。急患が出たので呼ばれたが、時間までには戻ると書かれていた。コンスタンシアはずっと自分の部屋にいて、彼が出ていったことに気づかなかった。だが、出発しなくてはならない時間まであと三十分はある。

コンスタンシアは居間へ行き、本を手に取ったが、五分おきに時計に目をやっていた。三十分後、ぱたんと本を閉じると彼女は屋敷の中を歩きだした。玄関広間を通ってダイニングルームへ行き、また外に出て、今度は舞踏室に入った。イエルンが彼女を見つけたのはそこだった。彼がゆったりした足取りで部屋に入ってきたのでコンスタンシアは腹が立ち、十分も前に家を出ているはずだったのにという非難の言葉をなんとかのみこんだ。

「十分待ってくれ」イエルンは頼み、電話に向かった。「祖母に連絡してくる」

イエルンは約束どおり十分後に戻ってきた。仕立てのいいグレーのスーツにペーズリー柄のシルクのネクタイをしたその姿は、十分ではなく一時間かけて身支度したかのように完璧《かんぺき》だった。彼はコンスタンシアがコートを着るのを手伝い、自分のジャケットを手に取ると、玄関のドアを開けた。だが、視界に入った車はロールスロイス・シルバーシャドーだけだった。「車はどこ?」コンスタンシアはまだ少し刺々《とげとげ》しい口調で言った。

イエルンはロールスロイスに向かってうなずいた。「ここだ」そして、コンスタンシアがさらになにか言う前にドアを開け、彼女を乗せた。

イエルンが運転席に乗りこむと、コンスタンシアはかすれた声で言った。「これはおじさんの車? ときどき使わせてもらってるの?」

「僕が使いたいときはいつでもね」イエルンは答え、彼女に向かって小さくほほえんだ。

「なんていい人なのかしら。会うのが待ちきれないわ。私はロールスロイスに乗ったことがないの。すばらしい車ね。ダイムラーもいいけれど」

細い通りをぬうように走り、車はハーグへ続く高速道路に向かった。「フィアットはどうだい?」

「私はフィアットでもまったくかまわないわ。でも、あなたはロールスロイスかダイムラーを運転するほうが好きなんじゃない?」

「そうだな。とくに今回のように大切な場面では」

その言葉でコンスタンシアは今夜のパーティを思い出した。「少し不安よ」彼女は言ってから、あわててつけ加えた。「ねえ、私はふつうの妻のように見えるかしら? つまり、あなたが私に恋したように。それともだれかに気づかれてしまうかしら?」

イエルンはおかしそうに言った。「いや、だれも気づかないよ。約束する。みんな君のことは知っているが、僕たちのことは知らない」

コンスタンシアはそれを喜ぶべきかどうかわからなかった。しかし考えこんでいる暇はなかった。車が速度を落としてわき道に入ると、広い並木道の先に古く美しい屋敷がいくつか立っていた。イエルンはその中の一軒の前で車をとめ、穏やかに言った。

「着いたよ」そして車を降り、コンスタンシアのためにドアを開けた。

イエルンは彼女の腕を取り、大きな玄関前の階段を上がった。彼がノッカーを使う前にドアが勢いよく開き、背の低い男性が二人を中へ通した。それから彼は二人を追い越していって次のドアを開け、イエルンがなにか言うと肩を震わせて笑った。

「彼はヨープ。僕が覚えている限りずっと祖母のところにいる。八十歳近いはずだが引退する気はないようだな。屋敷の中の小さな部屋に住んでいて、重要なときだけ現れる。それ以外はストーブのそばの椅子に座ってみんなをこきつかっているのさ」

コンスタンシアは足をとめて老人に向かってほほえみ、はじめましてと言って手を差し出した。老人はうやうやしくその手を取って短いスピーチをしたが、彼女にはまったく理解できなかった。

「召使いを代表して君を歓迎すると言っている」イエルンは説明し、やさしくほほえんだ。「とてもうまくやったよ、コンスタンシア。さあ、コートを置いて階上《うえ》に行こう」イエルンは彼女のコートを受け取った。「化粧を直したいかい?」

「いいえ。自分の顔を見る気になれないわ」

イエルンはからかうように笑い、コンスタンシアとともに彫刻のほどこされた階段を上がって両開きのドアを開けた。その大きな部屋は天井が高く、おおぜいの人がいくつかのグループに分かれて話したり笑ったりしていて、かなりにぎやかだった。絨《じゅう》毯《たん》の上を歩きだしたとき、コンスタンシアはイエルンが安心させるように指に力をこめたのを感じた。

話し声がやみ、〝ようこそ〟という声がいくつか聞こえた気がしたが、イエルンは足をとめなかった。ただ黙ってうなずき、笑顔で客たちの間を進み、炎が燃え盛る大きな暖炉の前でようやくとまった。かなり高齢の女性が、背もたれが垂直の椅子に座っていた。とても美しい女性で、鼻は高く、瞳は明るい青で、白い髪を高く結いあげていた。彼女は指輪をはめた手でシルクのスカートを伸ばし、二人にほほえみかけた。

「あなたのコンスタンシアを連れてきてくれたのね、イエルン」女性はきちんと化粧した顔を上げてイエルンのキスを受け、穏やかな声で続けた。「さあ、コンスタンシア、私にキスしてちょうだい」

コンスタンシアは言われたとおりキスをした。体を起こすとき、女性の視線を感じた。

「とてもかわいいのね」ミセス・ファン・デル・ヒーセンの英語の発音はほぼ完璧だった。彼女は満足そうにうなずき、うなじのあたりでまとめたコンスタンシアの髪や、丁寧に化粧した顔、ドレスのなめらかな曲線、きちんと手入れされた手に鋭い視線を向けた。「愛らしい唇だわ」老婦人はさらに続けた。「それにやさしい目をしている。あなたはすばらしい女性を選んだわ、イエルン」

イエルンはコンスタンシアの手を取り、しっかり握った。「ええ、お祖母《ばあ》さん、わかっています。僕は幸運な男です」

彼の祖母はコンスタンシアを見た。「イエルンはきっといい夫になるでしょう。ファン・デル・ヒーセン家の男性はみんなそうなの。さあ、私の家族に会ってちょうだい」

彼女は堂々と手を上げた。

パーティはコンスタンシアが想像していたように苦痛ではなかった。確かに見知らぬ人たちばかりだったが、みんなやさしく、思った以上に温かく迎えてくれたので、コンスタンシアは気が楽になった。イエルンは彼女のそばを一瞬たりとも離れなかった。彼はコンスタンシアの腕に軽く手をかけ、グループからグループへ連れ歩き、おじやおば、いとこや甥《おい》や姪《めい》に紹介したので、彼女は必死に名前を覚えようとした。イエルンは途中でそれに気づいて言った。

「名前のことは心配しなくていい。君が全員の名前を覚えることなどだれも期待していないから」

二人が部屋をひとまわりするにはかなり時間がかかった。やがてシャンパンが配られ、健康を祝して乾杯がおこなわれた。しばらくしてイエルンと二人きりになると、コンスタンシアはそっと尋ねた。

「屋敷の持ち主の男性はいないわよね、イエルン？それとも、私が気づかなかっただけかしら？」

イエルンはもの憂げに言った。「いや、彼には会っていないよ。だが、すぐに会える」そして、話題を変えた。「さあ、祖母が呼んでいるようだ。いろいろ質問したいんだろう」

今夜は完璧だったわ。コンスタンシアはデルフトに戻る車の中でそう思ったが、イエルンの妹と弟たちに会えなかったのは残念だった。しかし、レヒーナの話によれば、ユディタは風邪が治りかけているから、二、三日のうちにレヒーナの家で昼食をとれるという。〝彼女は夫のマーカスを連れてくるでしょう。マルレとルノーは少し遠くにいるけど、必ず会いに来ると言っていたわ。今度は全員に会えるわよ〟彼女は励ますように言った。〝うちは大家族だから、一度に受け入れるのは大変よね。うちの一族はとにかく集まりが多いの。誕生日、記念日、クリスマス、新年……〟

「私はあなたの家族が好きよ」コンスタンシアは隣の男性の落ち着いた横顔に向かって言った。「みんな私にとても親切だった。私は外国人だから、一目で嫌われても不思議はないのに」

「そんなことは考えもしなかったよ」イエルンはほほえんで言い、車の速度を落としてデルフトの細い通りに入った。「君は魅力的だった。僕はとても誇らしかった」

屋敷の前で車がとまると、コンスタンシアはイエルンの方に顔を向けた。「やさしいのね。ありがとう。今夜は高価なドレスが女性の役に立つということが証明されたわ」そして、彼の手を借りて車を降りると言った。「ガレージにこの車を入れるスペースはあるの？」

イエルンはその言葉を聞き流し、ドアを開けてコンスタンシアを家の中へ促した。「リーチェがキッチンでコーヒーをいれてくれるだろう」二人が大きなテーブルにつくと、目の前に湯気の立ついい香りのコーヒーが置かれた。「君はとてもかわいいよ、コンスタンシア。ドレスだけのせいじゃない」

彼女は喜びがわき起こるのを感じた。「ドラゴンはかわいくなんかないわ」ようやくそれだけ言った。「それとも、私はもうドラゴンじゃないかしら？」

「間違いなくドラゴンだ。だが、いちばんすてきなドラゴンさ。祖母をどう思ったか聞かせてくれ」

二人はコーヒーを飲みながら三十分ほどパーティのことを話していたが、やがてコンスタンシアが時計を見て叫んだ。「まあ、もうこんな時間だわ！早くあのすてきな車を安全な場所に動かさないと。盗まれたら大変よ。あなたのおじさんはなんて言うと思う？」

「がっかりするだろうな」イエルンは言った。「だが、まずはこのカップを片づけよう」

イエルンが戻ってくるまでに、コンスタンシアは朝食用の食器を用意してキッチンを片づけ、二人は一緒に二階へ上がった。屋敷は静かで、コンスタンシアが毎日玄関広間に飾っている花の香りが漂っていた。

階段をのぼりきると、彼女は足をとめて下を見た。「ここは本当にすてきな家だわ。一生ここで過ごしたいけれど、それは無理でしょうね」

「なぜだい？」

コンスタンシアは振り返り、薄明かりに照らされたイエルンの顔を見た。「きっと莫大《ばくだい》な維持費がかかるでしょうし、税金や、ほかにもいろいろお金がかかるでしょう」

イエルンはかすかにほほえんだ。「僕は大富豪になるかもしれない……。それならどうだい？」

コンスタンシアはかぶりを振った。「あなたは医師なんだから、そのままでいてほしいわ。私がお金持ちの人について言ったことを覚えてるでしょう？今、あなたは幸せよね？　自分の仕事が好きで、そこにお金は関係ないはずよ」彼女は熱心に続けた。「私がずっとここに住みたいなんて言ったせいで、お金持ちになろうなんて思わないで。引っ越すことになっても文句を言ったりしないわ。貧乏でも幸せなほうがいいもの」

「君は幸せかい、コンスタンシア？」

自分がとても幸せだと気づき、コンスタンシアはどういうわけかショックを受けた。「ええ」彼女は少し息を切らして答えた。

「よかった」イエルンは静かに言い、彼女に情熱的なキスをした。「さあ、ベッドに入ってくれ」

寝る支度をしながら、コンスタンシアは満ち足りた気分だった。イエルンを喜ばせられたからだ。家族にも気に入ってもらえたので、彼は安心したに違いない。だからこそ、さっきはあんなキスをしたのだろう。レヒーナの開くディナーパーティでも精いっぱい努力しよう。彼のきょうだいたちにも気に入ってもらえるといいけれど。急にそのことが重要に思え、コンスタンシアはその理由についてよく考えてみようとしたが、知らぬ間に眠りに落ちていた。

コンスタンシアがなにか疑問を抱いていたとしても、数日後、レヒーナの屋敷に着いたときにはそれは完全に消えていた。義姉はハーグ郊外のワッセナーに住んでいた。そこは金持ちの住む洗練された地区で、美しい庭のある大邸宅がずらりと並んでいた。まだ肌寒いけれど、気持ちのいい夜だった。子供たちは寝る支度をしていたが、挨拶をすることを許されて起きていたので、コンスタンシアは気おくれしている暇もなかった。彼女はあっという間に騒がしい子供たちに取り囲まれ、三人が近いうちに屋敷に泊まりに来ることを知らされた。

「モノポリーをしようね」パウルが大声で言った。

「それにお人形の服を作るの」エリザベスは叫んだ。

「プリンスと一緒に遊ぶんだ」ピーテルも言った。

「ええ、そうしましょう」コンスタンシアは約束した。「そういえば、ブッチに子猫が生まれたのよ」

その知らせに子供たちは大はしゃぎし、一匹飼いたいとせがんだ。

「おじさんにきいてごらんなさい」コンスタンシアは言った。「パパとママにも。だれもが猫好きとは限らないから」

そのあと、一行は楽しく話をしながら階上の応接間に向かった。

応接間には、ユディタとその夫のマーカス、イエルンの弟たちがいた。ユディタはレヒーナより小柄で、コンスタンシアと同じくらいの年齢だった。マーカスは背が低くがっしりした体型の陽気な男性だった。コンスタンシアは一目で二人のことが好きになった。マルレとルノーにも好意を抱いた。兄とよく似ているが、ずっと若い。二人は笑顔で彼女を迎え、キスをすると、イエルンは世界でいちばんかわいい奥さんをもらったと言い、自分が先に出会っていればと嘆いた。

やがて子供たちはベッドへ入るように言われ、大人たちは座って飲み物を飲みながら笑ったり話したり、コンスタンシアをからかったりした。

マルレがふいに尋ねた。「どの車で来たんだい、イエルン？」彼はまだなにか言おうとしたが、ルノーがいくぶん大きな声でそれをさえぎった。

「僕は新しいシトロエンを買おうと思っているんだが、どうだろう？」彼がマルレに向けた警告するような視線に、コンスタンシアは気づかなかった。レヒーナとユディタと話をしていたからだ。だが、姉妹は彼女の頭ごしに視線を交わしていた。コンスタンシアはイエルンがオランダ語で静かになにか言ったことにも気づかなかった。

ディナーは楽しかった。食事をしたのは羽目板張りのすばらしい部屋だったが、コンスタンシアはやはりイエルンの屋敷には及ばないと思った。それでふと思い出し、彼女は隣にいるルノーに言った。

「私はまだ、イエルンにあの屋敷を貸してくれている方に会ってないの。とても会いたいんだけれど。あなたは彼を知っているんでしょう？」

新しい義弟は青い瞳をきらめかせた。「ああ、もちろん。とてもよく知っているよ。彼はとてもいい人だ。僕たちはみんな、生まれたときから彼を知っているんだ」

「きっとお年を召された方なんでしょうね。なぜあんなすばらしい家に住まずにいられるのか、私にはわからないわ。だけど、きっと彼のほかの家も同じようにすてきなんでしょうね」

「僕は……彼のもう一つの家にいたんだ。君はきっとその家も気に入るだろう。ここより北の、フリースラントにあるんだよ」

「ああ、だから彼になかなか会えないのね。イエルンは忙しくて、出かける時間を作るのがむずかしいのよ」

ルノーはまじめな顔でうなずいた。「兄は仕事を愛しているから」

コンスタンシアは彼に向かってにっこりした。

「あなたもお医者さまなんでしょう？」

「まだほんの駆け出しさ。マルレのほうが早く医者になったが、彼は病理学研究室にいるんだ」ルノーは鼻にしわを寄せた。「試験管だの顕微鏡だのは、僕には向かない。イエルンにもね」

コンスタンシアは熱をこめて言った。「彼は私が出会った中でいちばんすてきな人よ」ルノーにじっと見つめられ、彼女は頬を赤く染めた。

「君はそう言うだろうと思ったよ」ルノーは言った。

コンスタンシアはテーブルごしにイエルンを見て、彼と目が合うと幸せそうにほほえんだ。彼女の小さな世界は完璧だった。あるいは、完璧に近かった。だが、なぜそんなふうに思うのか自分でもわからなかった。

ディナーが終わったころ、一家の友人知人が訪ねてきた。家族の一員となった今、コンスタンシアが会うべき人々だ。レヒーナは気楽に説明した。

「みんな私たちのことを昔から知っている人たちだけど、心配しないで。イエルンかユディタか私があなたにぴったりついているから。たくさんの人に家に招待されるでしょうけど、にっこりして、イエルンにきいてみないと、と言えばいいわ。さあ、来たわよ」

レヒーナは立ちあがり、最初の客を迎えに行った。イエルンがいつのまにかコンスタンシアの隣に来て、耳元でささやいた。「うちは大家族だから知り合いも多いんだ。だが、心配はいらない。ただほほえんで、小さな声で話していればいい。君のつぶやき声はかわいいから」

だからコンスタンシアは、困惑するほどたくさんの見知らぬ人々と小声で話し、グループからグループへ移動した。その間、イエルンか姉妹のどちらかが常にそばにいてくれた。レヒーナと一緒にいるとき、手ごわい年配の婦人たちと話をすることになった。その中の一人、ミセス・ファン・ホーンがコンスタンシアとイエルンをディナーに招待し、今回ばかりは彼女のつぶやき声も通用しなかった。気がつくと日程を決められ、そのうえレヒーナまで一緒に行くことになっていた。

次のグループへ移動しながら、レヒーナがコンスタンシアの耳元でつぶやいた。「運が悪かったわ。ごめんなさい、コンスタンシア。イエルンもいやな顔をするでしょうね」

「なぜ？　それなら行かなければいいのに」コンスタンシアは即座に言った。

レヒーナはやさしくほほえんだ。「イエルンは幸せだわ」そして、コンスタンシアをじっと見つめた。「逃げ出すのはむずかしいのよ。彼女は古くからうちの家族を知っているの。母の友人で、とてもおせっかいで、思慮が足りない人よ。あきらめて行くしかないわ」彼女はコンスタンシアの腕を取った。「あなたのドレスはすてきね。ところで、ミセス・ファン・ホーンが開くパーティではみんなロングドレスを着るのよ」彼女は軽い口調で続けた。「あなたはルビーを持っているのよね」

コンスタンシアは片手を上げ、自分の指輪を見た。「ええ。美しい指輪でしょう？　こんなすてきなものを身につけたのは初めてよ」

レヒーナは彼女をちらりと見た。「もっといろいろなものを欲しくないの？　ネックレスやイヤリングやブレスレットは？」

コンスタンシアはぱっと義姉を見た。「まさか」それから含み笑いをした。「イエルンが銀行強盗でもしない限り、そんなものは買えないわ」

驚いたことに、義姉はコンスタンシアに身を寄せ、頬に軽くキスをした。「弟はあなたのことを、小さくて楽しいドラゴンだと言っていたけど、今は確かにそう見えるわ」彼女は近づいてきたイエルンの方に向き直った。「コンスタンシアはとてもうまくやっているわよ、イエルン」

イエルンに手を取られると、コンスタンシアは安心感を覚えた。「彼女は本当にすばらしい女性さ、レヒーナ。そろそろ彼女を連れて帰るよ。もう遅いし、今夜はせわしない夜だったから」

「でも、楽しかったわ」コンスタンシアは口をはさみ、二人に向かってほほえんだ。

イエルンは翌朝、出かけることになっていた。ブリュッセルで会議があるらしい。朝早く出かけ、翌日に帰ってくるのだろう。コンスタンシアはまたキッチンでコーヒーを飲もうと誘うつもりだったが、屋敷に着くと、彼は目を通さなくてはならない書類があると言い、おやすみの挨拶をして書斎へ消えた。コンスタンシアは奇妙なくらいがっかりして、二階へ向かった。

翌朝、コンスタンシアが階下に下りたときには、イエルンはすでに出かけていた。彼女はメモか短い伝言でもないかと期待して書斎と小さいほうの居間をのぞいたが、なにもなかった。しかたなくキッチンに行ってコーヒーをいれ、トーストをかじった。

その日はとても長く感じられた。コンスタンシアは陳列棚に入っている繊細な磁器を洗っていたが、リーチェが帰ってしまうと一人きりになり、夜はいっそう長く感じられた。彼女は屋敷を歩きまわり、美しい銀器や磁器を手に取って眺めたり、壁にかかっている絵を鑑賞したりした。リーチェに泊まってほしいと言えばよかったわ。すると、そんな思いが伝わったかのように、一時間ほど前にリーチェが閉めたキッチンのドアが開く音がした。入ってきたのはリーチェとタルヌスで、彼は言った。「ドクターから、今晩泊まってほしいと言われたんです。あなたが一人でいるのが心配なのでしょう。お許しをいただければ、三階の部屋を使わせていただきます」

コンスタンシアはうなずいた。イエルンが自分のことを気にかけてくれたと思うと、全身に喜びが広がった。「ご親切に、ありがとう」

タルヌスは軽く頭を下げた。「あとでコーヒーをお持ちします。一時間ほどでリーチェが夕食を用意しますから」

しばらくすると、イエルンから電話がかかってきた。そんなことは予想もしていなかったので、コンスタンシアは再びうれしくなった。

「何事もないかい?」彼の声はとても鮮明で、まるですぐ近くに立っているかのようだった。

「ええ、大丈夫よ」コンスタンシアは答えた。「リーチェとタルヌスが泊まってくれるようにしてくれてありがとう、イエルン」

「君に言うのを忘れていたんだ。明日の午後には帰るよ。子供たちが来るのは明後日だったね?」

「ええ。部屋の支度はできてるわ」

イエルンはやさしく言った。「君がいなくて寂しいよ、コンスタンシア。おやすみ」

「おやすみなさい」コンスタンシアはささやき声で言った。驚きのあまりまともに声が出なかった。記憶にある限り、彼女はだれかに自分がいなくて寂しいと言われたことはなかった。それはとても心地よい感覚だった。

翌日、コンスタンシアが庭に面した部屋で犬の毛づくろいをしているとき、イエルンが帰ってきた。イエルンはすぐに犬たちに囲まれた。コンスタンシアは出張はどうだったかと尋ね、紅茶をいれるわと言った。

一緒に紅茶を飲みながら、イエルンは考えこんでいるように見えた。なにか重大な決心でもしようとしているのだろうか？　あるいは、会議のことを思い出しているだけだろうか？　コンスタンシアは自分からはあまり話しかけないようにした。しばらくして彼が立ちあがって診察に行くと言うと、明るくうなずき、夜はあまり忙しくないことを祈った。だが、それはむなしい望みだった。イエルンは夕食の途中で呼び出され、真夜中を過ぎても帰ってこなかった。

だが、イエルンはいつもどおり穏やかな表情で朝食に現れた。ただ、少し疲れているようだった。彼は昼には帰ってくると言った。「今日は子供たちが来るんだったね？　なんとか都合をつけるよ」

コンスタンシアはどういうわけかその言葉に少し傷ついた。結局、彼は子供たちとは血がつながっていて、三人を愛しているのだ。

レビーナとブラムはコーヒーの時間にやってきたが、二人は子供たちが落ち着くのを見届けるとすぐに出かけなくてはならなかった。「子供たちを預かってくれるなんて、あなたが天使に思えるわ。今回はほんの数日だけど」彼女は陽気に笑った。「いつか同じことをしてお返しするわね！」

数分後、レビーナはブラムとともにメルセデスに乗って出かけていった。コンスタンシアは子供たちと犬たち、やっと子猫から解放されたブッチを引き連れて階下のキッチンへ行った。そこにはビスケットとミルクが用意されていた。子供たちは並んで座り、コンスタンシアはエプロンをつけて夕食用のチョコレート・プディングを作りはじめた。和気あいあいとして、にぎやかで、彼女は少し頬を赤らめながら落ち着かない気分になった。だがそれは、イエルンがドアから頭を突き出して彼女と目が合うとにっこりしたからだった。

子供たちが来るとコンスタンシアの生活は驚くほど変わった。彼らの食事のことを考えなくてはならないし、髪をとかしてやったり、手が清潔か確かめたり、ベッドメーキングもしてやらなくてはならない。お茶のあとには必ずゲームをする。だが、コンスタンシアは幸せで、自分は家庭的なタイプなのだと改めて思った。彼女は一日じゅう忙しいのが好きで、子供たちが庭から一緒に遊ぼうと大きな声で呼ぶのが好きで、帰ってきた夫がドアの鍵《かぎ》を閉める音が好きだった。彼女の料理の腕は、リーチェが用心深くやさしい目で見守る中、日々進歩しており、オランダ語もとぎれとぎれではあるが、聞き手に通じるようになってきた。

子供たちがやってきた三日後、イエルンはいつもより少し早く帰ってきた。夜の診察もなかった。五人は楽しく紅茶を飲み、すぐに子供部屋へ上がった。

9

みんなでにぎやかにトランプをしていると、子供部屋の隅にある電話が鳴った。同時に目のくらむような電光がひらめき、雷鳴が轟《とどろ》いて、エリザベスがコンスタンシアの膝に顔を埋《うず》めた。雷のあとは風が吹き荒れた。一時間くらい続いていた不自然なほどの静けさは、激しくなる雷と風の音に跡形もなく引き裂かれた。

コンスタンシアは嵐《あらし》が苦手だったが、なんとか冷静さを保ってエリザベスをなだめた。電話をしているイエルンの声は聞こえなかったものの、目が合うと、緊急事態だということがわかった。イエルンはまもなく受話器を置き、コンスタンシアの方にやってきた。彼の声は穏やかで落ち着いていたが、それは子供たちを心配させないためだろう。

「大きな事故があって呼ばれた。君にも一緒に来てほしい」

「もちろんよ」今はイエルンが質問に答えてくれる雰囲気ではなかったので、なにも尋ねなかった。コンスタンシアはエリザベスを膝から下ろして立たせ、元気づけるように言った。「ほら、もう雷は鳴ってないわ。カーテンを閉めましょうね。私はおじさんと出かけるけど、トランプを階下《した》に持っていって、リーチェとゲームをしたらどうかしら？ きっと今日の午後に焼いたケーキをもらえるわ」彼女は子供たちに向かってほほえみ、イエルンのように穏やかで冷静な態度に見えることを願った。

イエルンはそれでいいというように彼女を見てから言った。「僕がリーチェに伝えておくよ。五分後に出発だ、コンスタンシア。ズボンをはいてきてくれ」

子供たちはケーキが大好きなので説得するのはたやすく、コンスタンシアは三人を連れてキッチンへ下りた。キッチンではリーチェがすでにケーキを並べていて、コンスタンシアを見ると大丈夫ですよと言いたげにほほえんだ。コンスタンシアは子供たちを座らせ、いい子にしているように、もし寝る時間になっても自分が帰らなかったら先にベッドに入るようにと言い聞かせた。そして、抱きついてくるエリザベスをぎゅっと抱き締め返し、キッチンのドアを閉めるとすぐに、二階に駆けあがった。

コンスタンシアはズボンを引っぱり出し、分厚いセーターを着て髪をスカーフでまとめ、ウールの手袋をはめた。最後の瞬間になって靴のことを思い出し、頑丈な編み上げ靴にはき替えた。

玄関を出たとき、ちょうどフィアットが近づいてきた。彼女が乗りこむとすぐに、イエルンは車を出した。

　今日は市の立つ日だった。込み合う街の中心部をのろのろ進む車の中で、コンスタンシアはいらだった。やがて車はわき道に入り、ようやくフーク・ファン・ホラントやナールドワイク方面へ続く広い道路に出た。ほかの車はほとんどいなかったので、イエルンは猛烈なスピードで車を走らせた。アクセルを踏みこんだまま、スピード規制も無視して。コンスタンシアがちらりと見ると、その横顔はいつもどおり穏やかで落ち着いていて、まるで日曜日の午後のドライブの最中のようだった。

　二キロほど走ったところで、やんでいた風がまた吹きはじめ、激しく車に吹きつけた。だが、イエルンはスピードをゆるめなかった。前方に広がる空は真っ黒だったが、地平線の左手はかすかに金属のような色に光っていて、その周囲の地面だけ色が変わっていた。コンスタンシアがあれはなんだろうと思っていると、イエルンが言った。「よく我慢してくれた」それを聞いて彼女の体が温かくなった。その一言で、時間がなくてなにも話を聞けないままだったことが報われた。「ナールドワイクの工場でひどい事故があった。竜巻だ」イエルンはそこで言葉を切り、前方をじっと見つめた。「また別の竜巻がきそうだな。最初の竜巻ではガラス工場がぺしゃんこになり、屋根や車が巻きあげられた。屑鉄《くずてつ》置き場の屋根も空中に舞いあがり、屑鉄の山の上に落ちてきたそうだ」

「閉じこめられた人がいるの？」彼女は尋ねた。

「ああ。それに風がやまない限り、残った屋根も吹き飛ばされる危険性がある」イエルンは不自然なほど暗い前方の空をじっと見つめた。「ロッテルダムからの道は残骸《ざんがい》でふさがれている。ハーグからの主要道路もそうだ。みんな迂回《うかい》するしかない。僕たちもだ」彼は険しい声で言い、はるか前方でとまっている二台の車を顎で示した。「とまりたくないな」

彼は速度を落とさずにわき道に入った。コンスタンシアはふだん自分は神経が図太いと思っていたが、それは間違いだったかもしれないと思いはじめた。

「怖いかい?」イエルンが穏やかに尋ねた。

「ええ。でも、私のことは気にしないで。向こうに着いたら、私はあなたのそばにいればいいの?」

「ああ。後部座席のキャンバス地のバッグに包帯と添え木が入っている。君の仕事は主に救急手当だ。もしお互いの姿を見失ったら、車に戻って中にいること」彼は鋭く息を吸いこんだ。「さあ、着くぞ」

前方には工場の敷地が見えてきていた。次の十字路で再び幹線道路に戻ると、そこにはすでに破壊の証拠が見られた。窓は割れ、二台の車が道路の端で横倒しになり、残骸が散らばっている。だが、その程度ではこれから目にすることになる大災害の光景の警告にもならなかった。カーブを曲がると、二人は屑鉄置き場に着いた。

もともと雑然とした場所だったのだろうが、今はまるで爆弾が落ちたかのようだ。イエルンはねじれた鉄の大きな固まりを避け、車をとめた。すでに数台の車が到着しており、瓦礫《がれき》の山の向こうで人々が叫び合っていた。イエルンは車を降りるとコンスタンシアの手を握り、もう片方の手にキャンバス地のバッグを持ち、石や煉瓦《れんが》や木ぎれをよけながら、男性たちが屑鉄の山をどけている場所へ急いだ。

数人の男性がすでに救出されていた。彼らはなにかに寄りかかって呆然《ぼうぜん》と座っているか、身動きもせずに横たわっていた。コンスタンシアはイエルンの指示を思い出し、彼が診察する間、あとをついてまわった。包帯を巻き、添え木を当て、怪我《けが》人たちを励ました。ある男性の頭のひどい傷を押さえていたとき、イエルンが言った。

「僕も手を貸してくる。まだ瓦礫の下に何人かいるらしい。君はここにいろ、コンスタンシア」

コンスタンシアはうなずいた。イエルンがそんなふうに命令口調でなにか言うことはめったにないので、素直に聞き入れるという選択肢以外は頭に浮かばなかった。

男性の頭からの出血をとめるのに数分かかった。コンスタンシアは包帯を巻いて男性の脈を取り、それから近くに横たわる別の男性のようすを見に行った。骨盤を骨折しているとイエルンは言っていたが、たぶん内臓も傷ついているだろう。顔色が悪いのが気になる。彼の上にかがみこんでいるとき、風の音がうなるような音に変わった。顔を上げると、鉛色の空が裂けたように見えた。また竜巻かしら？　そう思ったとたん、口の中が乾いた。彼女はしばらく上を見ていたが、ふいにやさしく地面に倒された。耳元でイエルンの声が聞こえた。「動かないでくれ」動こうにも動けなかった。イエルンが上におおいかぶさってきて、コンスタンシアはその重い体の下でなんとか息をしようとした。「あなたの体重、一トンはあるわ」彼女がつぶやくと、イエルンの笑い声が聞こえた。だが、そのあとは二人の上を通り過ぎる風の不気味なうなりしか聞こえなくなった。屋根の破片があらゆる方向に飛び散り、壁際にあった自転車が巻きあげられてばらばらになり、恐ろしい凶器となって降ってきた。だが、その間もコンスタンシアの耳にはイエルンの心臓の安定した鼓動が聞こえていて、彼女は絶対的な安心感を覚えた。

二分ほどで風はおさまり、竜巻は海の方へ去った。あとには破壊の痕跡《こんせき》だけが残った。コンスタンシアはなんとか立ちあがって怪我人の脈を取り、包帯を巻き、イエルンの指示に従った。どれくらいの時間、そうしていたかはわからないが、やがて救急車とパトカーのサイレンが聞こえ、彼女はほっとした。何時間もたったように思えたが、実際は三十分もたっ

ていなかった。外科チームがあとを引き継いだので
イエルンは彼女を連れて車に戻り、帰る支度ができるまで座っていてくれと言った。コンスタンシアはすぐに眠りに落ちてしまい、目が覚めるとイエルンが隣で彼女を見ていた。

「ごめんなさい」彼女はつぶやいてから、イエルンの眉がつりあがったのを見て思わず言った。「私ったら、ひどい格好でしょうね！」

イエルンは身をかがめ、彼女にやさしくキスをした。「君は疲れ果てた子供みたいだ。それとも、ドラゴンかな？　さあ、家に帰ろう」

「怪我人はおおぜい出たの？　二度目の竜巻の被害も大きかったの？　あの男性——頭の出血がとまらなかった男性は大丈夫かしら？」

「大丈夫だ。今ごろは病院にいるだろう。幸い、二度目の竜巻の被害はそれほど大きくなかった」イエルンは車のドアのポケットをさぐり、ブランデーの小瓶を取り出した。「飲むといい。今の君にはこれが必要だ」

「何人亡くなったの？」彼女は淡々と尋ねた。

「七人だが、まだ何人か行方不明で捜索中だ。この地域全体の怪我人は十二人、軽傷の人はもっといると警察は言っていた。竜巻の進路が狭かったのと、人口が密集している地域をそれたのは幸いだった」

コンスタンシアは押しつけられた小瓶からウイスキーを一口飲み、むせて咳《せ》きこんでから尋ねた。

「竜巻はデルフトには行っていないわよね？　子供たちは……」

「ああ、大丈夫だ」イエルンは請け合った。「いずれにせよ、風が強くなってきたら地下室に逃げこむようにリーチェに言ってある」

頭も痛かったので、コンスタンシアはすねた気分で言った。「あなたはなぜあらゆることに気がまわるの？」

「大切な相手に対しては気がまわるものだ。とくに、緊急事態ではね」

たとえ私は大切な存在ではないとしても、あのときイエルンは私のことを思い出してくれた。私がなにが起きたか考える暇もないうちに、彼は私の上におおいかぶさって危険から守ってくれた。

イエルンは車を出し、現場を離れた。数人の男性が彼に手を振り、入口にいた警察官は敬礼した。コンスタンシアは彼のことを誇らしく思った。

行きとは違ってゆったりしたスピードで走る車の中で、二人はそれぞれもの思いにふけっていた。家に着くと、子供たちはちょうどベッドに入る時間だったが、コンスタンシアは彼らにおやすみを言う前に着替えたかった。イエルンも着替える必要がありそうだった。二人の服はところどころ破れ、血や泥や油のしみがついていた。

静かに屋敷に入ると、コンスタンシアは玄関広間でささやいた。「忍び足で部屋に上がって着替えてから、子供たちにおやすみを言いに行くわ」

イエルンはコンスタンシアをじっと見つめた。髪はほどけ、スカーフは首にぶらさがり、セーターとズボンは破れている。本人は気づいていないだろうが額に油がついており、爪は割れていた。イエルンはふいに笑みを浮かべると彼女を引き寄せ、激しいキスをした。

「とてもきれいだ」彼は言った。「あとで子供たちの部屋で会おう。僕は電話をかけてくる」

コンスタンシアは頭がくらくらして、妙に幸せな気分のまま顔を洗い、着替えをすませ、髪をとかした。きっと興奮とブランデーと恐怖のせいだろう。男の子たちの部屋へ行くと、すでにイエルンがいた。まるでずっと屋敷にいたかのように落ち着き払っている彼を見て、コンスタンシアは自分の考えが間違っていたことを悟った。幸せな気分なのは興奮やブランデーや恐怖のせいでなく、愛のせいだ。私はイエルンを愛している、とても大柄で、穏やかで、ポケットに手を入れてなんの心配事もないかのように男の子たちと笑い、冗談を言い合っている彼を。

イエルンが自分にほほえみかけたので、コンスタンシアもなんとか笑みを返したが、本当は駆け寄っていって彼を抱き締めたかった。もっと早く気づかなかったなんて、私は本当に愚かだった。これからどうしたらいいのだろう？　この先ずっと、イエルンと陽気で気安い関係を装いつづけるの？　今まではそれでうまくいっていた。彼になにも要求せず、安心感を得られて、幸せだった……。

だが、今は考えこんでいる時間はなかった。コンスタンシアは三人と少しおしゃべりしてからエリザベスの部屋に行き、毎晩寝る前に聞かせている、彼女自身が作った長い物語の続きを話してやった。

その間、頭の一部分ではイエルンのことを考え、また彼と一緒に過ごしたいと思い、恥ずかしくなった。でも、恥ずかしがる必要などないわ。コンスタンシアは悲しい気持ちで自分に言い聞かせた。彼は今夜、外科学会のディナーに出かける予定なのだ。

家を出る前のイエルンにちらりと会ったが、彼はもう落ち着いたかと尋ねた以外、ほとんどなにも話さなかった。先にやすんでいるようにと言われ、コンスタンシアはうなずいた。しかしそれはそうするのがいちばんいいと思ったからで、内心はベッドに入って一人であれこれ悩むことになるのは憂鬱《ゆううつ》だった。彼が出かけるのを見送るとき、彼女はうっとうしく思われない程度に妻らしく見えればいいと願った。その態度はどう見てもぎこちなく、イエルンが出ていく前にさぐるような目を向けていたことに、コンスタンシアは気づかなかった。

だが、コンスタンシアにとっては都合のいい状況が訪れた。翌朝、イエルンの秘書のコリーが風邪で休んだので、コンスタンシアは急きょ、受付係と午前中の診療の助手を務めることになり、ぎこちないふるまいを気にしている暇などなかった。彼女は患者の名前に苦労しつつもカルテを見つけ、書類を作り、包帯を巻いた。午前中にタルヌスが来て細々とした仕事を片づけ、診療が終わるとイエルンの部屋にコーヒーを持ってきて、家の中のことはなにも心配いらないと請け合ってくれたので、コンスタンシアは安心した。

タルヌスはしょっちゅうここに来ているが、銀器を磨くのにそれほど時間がかかるのだろうか？　コンスタンシアは遠慮がちにイエルンに尋ねてみたが、彼は書いていたカルテから視線を上げ、気さくにほほえんで言った。「僕たちにとってはありがたいことだろう？」

答えになっていない返事で、彼はこの会話を続けたくないとさりげなく伝えていた。コンスタンシアはすねたように言った。「ええ、そうね。私たちは自分の家を持ちましょうか、イエルン？」

イエルンはカルテを書く手をとめて尋ねた。「君はこの家が好きじゃなかったのかい？」

コンスタンシアはコーヒーカップを彼の鼻の下に突き出した。「大好きよ。でも、この家は私たちのものではないんだから、我が家とは呼べないわ」

イエルンはぼんやりとコーヒーを飲んで言った。「だったらどうにかしなくてはならないな」

コンスタンシアの不機嫌さはたちまち消えた。「いいえ、そういうつもりでは……干渉する気はないのよ。あなたはここで満足なんだもの」

「だが、君は満足ではないのだから、やはりなんとかしなくては」

コンスタンシアはさっきの言葉を後悔した。「私はあなたがいるところならどこでも幸せなのよ」

「いかにも本物の友人か忠実な妻らしい言葉だな」イエルンは穏やかに言った。「僕たちは土曜日の夜はなにか予定があったかい？」

「ミセス・ファン・ホーンのディナーパーティがあるわ」

イエルンは顔をしかめた。「忘れていたよ。行かないことにできないかな？」

「もしよければ、私が病気ということに……」

イエルンはコンスタンシアに向かってにやりとした。「それで、日曜日の朝に教会で彼女と顔を合わせるのかい？　なぜ招待を受けてしまったんだろう？」

「レヒーナの家で強引に誘われて、簡単には断れなかったのよ。あなたは彼女が好きじゃないの？」

「好きという人は少ないだろうな。君はそのパーティになにを着ていくつもりだい？」

「去年の病院のパーティのために買った、イブニング用のロングスカートがあるの。それとクレープ地のブラウスを合わせるわ」

イエルンは書類をまとめはじめた。「今日の午後、買い物に行こう。日曜日、僕は妻にいちばん美しいドレスを着てほしいんだ。君はとても魅力的な女性だ、コンスタンシア。だが、僕はずっと君になにも買ってあげていなかった」

「買ってくれたわ、ロンドンにいるときに。ジャージー素材のスーツと、靴と、それに……」

イエルンは声をあげて笑った。「男といえども、ディナーパーティにジャージー素材のスーツを着る女性がいないことぐらい知っているよ。ミセス・ファン・ホーンの盛大なパーティでなくてもね」

「そういえば、〈C＆A〉の広告が昨日の新聞に載っていたわ」コンスタンシアは言った。

「昼食は家に戻るよ」イエルンは立ちあがった。「子供たちのことはリーチェに頼もう」

まだ寒いが、ハーグの街は明るい日差しを浴びて輝いていた。ノールダインデを歩きながら、コンスタンシアは言った。「このあたりはみんな高級なお店じゃない？〈C＆A〉とか、〈ヴルーム・アンド・ドレスマン〉なら――」

「今回だけは贅沢《ぜいたく》をしよう」イエルンはさえぎった。「レヒーナが店を教えてくれたんだ」彼はあるドレスショップの前で足をとめた。とても高級そうな店だ。

「ここはちょっと……」コンスタンシアは弱々しく口を開いたが、さらに反論する前にせかされて中に入った。

それから三十分間、コンスタンシアはすばらしい時間を過ごした。優雅な店内にはほかに客もなく、店員の女性は次から次へとドレスを持ってきた。どれもすてきだが、とても高価そうなので、コンスタンシアは目配せをしてイエルンに伝えようとした。

だが、彼はまったく表情を変えなかった。もしかしたら、私が思うほど高くないのかもしれない。やっと欲しいドレスを見つけたとき、コンスタンシアはためらった。生地はシルクオーガンジーで、色はクリーム色がかったグレー、ピンクの小花が刺繍《ししゅう》されていて、縁にはレースがついている。きっと目が飛び出るほど高いに違いない。コンスタンシアはもう少し手ごろそうなドレスに視線を移した。あれなら、あと一、二年は流行遅れにならないだろう。だが、イエルンがきっぱりと言った。

「僕はそのグレーのがいい。試着してみてくれ」

そのドレスはよく似合い、決してうぬぼれの強くないコンスタンシアも、自分がすてきに見えると認めざるをえなかった。イエルンも同じように感じたらしく、試着室から出てきた彼女を一目見て言った。

「これにしよう」

サンダルと上等なストッキングまで買ったあと、

イエルンはさらに言った。

「なにかはおるものが必要だな」

コンスタンシアは反論した。「イエルン、これ以上私のためにお金を使わせるわけにはいかないわ。買ってもらったドレスもサンダルもすてきだけど、ショールは持っているもの」

イエルンは答えるかわりに彼女の腕を取り、クヌーテルダイクへ歩きだした。そこにはもっと小さくて高級そうな店が並んでいた。彼は角にある店の前で足をとめた。「ここだ。君がもっと幸せな気分になるなら、僕は喜んで金を使うよ」

しばらくして二人は店から出てきた。小さな白のミンクのジャケットを買ってもらったコンスタンシアは少し困惑していた。二人はメゾン・クルルの近くで紅茶を飲んだ。彼女はこんなに幸せな気分になったことはなかったので、ほとんど口もきけなかった。それでも店を出る直前、コンスタンシアは恥ずかしそうに言った。「どんなにお礼を言っても足りないわ、イエルン。こんなすてきなプレゼント、私にはもったいないわ」

イエルンは小さなテーブルごしにほほえんだ。

「コンスタンシア、結婚の楽しみの一つは、ときどき妻にプレゼントを買ってあげられることだ。君はとてもすてきだよ。すてきな女性はすてきなものを身につけないと」

コンスタンシアの口元に笑みが浮かんだ。「ありがとう、イエルン。ミセス・ファン・ホーンのパーティはきっとすばらしいものになるでしょう」

パーティの夜は申しぶんのないすべり出しだった。コンスタンシアが銀色のサンダルをはいて階段を下りていくと、玄関広間で待っていたイエルンはおおいに満足したようだった。コンスタンシアは鼓動が速くなるのを感じつつも、それ以上のことを、彼が自分に完全に夢中になってくれることを望んでいた。

しかし彼は玄関広間の中央に立ったまま、静かに言った。「とてもすてきだ」

コンスタンシアは一瞬、怒りのせいで息がつまった。美しいドレスを引き裂いて踏みつけ、イエルンに投げつけてやりたくなった。だが、そんなことはあまりにもばかげている。彼は私のために大金を使ってくれた。たとえ私を愛していなくても、好意を持ってくれている。コンスタンシアは不機嫌になった自分を恥じ、彼の前でくるりとまわってみせた。

「すてきでしょう？　王女様みたいな気分よ」

「ドラゴンだ、小さくて完璧《かんぺき》なドラゴンだよ」イエルンは言い直した。「子供たちは君を見たかい？」

「ええ、エリザベスは自分の結婚式のときにこれを着てほしいと言っていたし、男の子たちはフランス語で〝最高だ！〟と叫んでたわ。学校でフランス語を習っているのよ」コンスタンシアはドレスのスカートを広げ、もう一度ゆっくりとまわった。「行きましょうか？」

イエルンはコンスタンシアの手を取り、そこにキスをした。「君は絵のように美しいよ、コンスタンシア」一瞬、彼女は空想の世界を漂ったが、やがて彼は手を放し、ミンクのジャケットを取りに行った。

ミセス・ファン・ホーンの屋敷にはそれほど多くの客は集まっていなかった。全部で十六人で、ほとんどはコンスタンシアもすでに会った人たちだ。女性たちは彼女をうらやましそうに見ていたが、一人が言った。「あなたは賢いわね、このすてきなドレスに宝石をつけていないなんて」コンスタンシアはかわいらしい声でお礼を言いながら、つけたいと思っても宝石など持っていないわと内心つぶやいた。イエルンはすてきな婚約指輪をくれたじゃないの。彼女は自分に言い聞かせた。エリザベスは彼が一族の宝石の箱を持っていると言っていたけれど、きっと勘違いだろう。コンスタンシアがルビーの指輪に触れて気持ちを落ち着かせていると、ディナーのパートナーとなる男性が彼女を呼んだ。

市長だわ。コンスタンシアは一瞬、疑問を抱いた。ここでいちばん若く、さして重要な人物でもない私がなぜ市長の相手に選ばれるのだろう？　ほかの女性のだれかがこの名誉を受けるのが当然だろうに、みんなコンスタンシアにほほえみかけ、うなずいている。そんな柄でもない自分がまるで市民としての義務を立派に果たしているように扱われるのは、気まずいことに思えた。

ミセス・ファン・ホーンの屋敷は壮麗だったが、イエルンの屋敷に比べるとまったく魅力に欠けていた。ダイニングルームには第二帝政時代のさまざまな家具が置かれていて、ワックスのにおいが鼻についた。しかしコンスタンシアは負けずにディナーを楽しんだ。食事は冷製のコンソメスープで始まり、魚料理、ブランデーとオレンジのソースがかかった鴨《かも》肉のパイが続き、締めくくりはレモンクリームだった。食事の間、コンスタンシアは隣に座る市長と、反対側の隣に座るハンサムな若い男性との会話を楽しんだ。イエルンは彼女の向かい側に座っていた。コンスタンシアは中央に飾ってある花ごしに何度かイエルンの方を見たが、彼はまったく彼女の方を見なかった。四十代と思われる美しい女性との会話に夢中になっている。コンスタンシアは不愉快になり、自分の両側にいる男性をさらに楽しませようとした。その試みはうまくいった。二人の男性は声をあげて笑い、イエルンはテーブルの向こうからコンスタンシアを見た。彼女はかすかに冷たい笑みを浮かべてから、若い男性の方に向き直った。

ミセス・ファン・ホーンは物事を型どおりに進めるのが好きだったので、やがて女性たちは男性を残して居間に引きあげた。コンスタンシアはレヒーナが姉らしい目で自分を見守っていることにふいに気づいた。ミセス・ファン・ホーンはさっそくコンスタンシアの結婚について質問を始め、彼女に家族が一人もいないと知ると同情した。

「イエルンは大家族よね」ミセス・ファン・ホーンはレヒーナの方を見て言った。「みんな離れて暮らしているけど、とくに不都合もないでしょう。彼のロールスロイスに乗って出かければいいんだもの。お金があると何事も楽ね」

レヒーナはとても居心地が悪そうで、女主人の話をろくに聞いていなかったコンスタンシアは義姉が気の毒になった。だから彼女がこう言いだしたときは驚いた。「ミセス・デ・ホルトがコンスタンシアとおしゃべりがしたいそうですわ。男性たちのところへ戻る前に話させてあげたらどうでしょう？」

だが、ミセス・ファン・ホーンはコンスタンシアとの会話をやめる気はないようだった。彼女は自分の隣のソファをたたき、コンスタンシアをそこへ座らせるとすぐに尋ねた。「それで、イエルンとの結婚生活はどうなの？」

私は今や結婚した女性で、医師の妻なのよ。恥ずかしがったり神経質になったりする必要はないわ。コンスタンシアは自分に言い聞かせ、落ち着いて答えた。「おかげさまで、とても楽しいですわ」彼女はにっこりしてドレスのスカートを引っぱった。

「うまくやったものね」

コンスタンシアは黙っていた。なにを言っても正しい答えではないだろうし、ほとんどの女性が部屋の向こう側で聞き耳を立てているのは明らかだった。彼女は膝の上で手を重ね、再びほほえんだ。そばに来て女主人の言葉に答えたのはレヒーナだった。

「うまくやったのはイエルンのほうですわ」彼女はきっぱりと言った。「息子さんはお元気ですか、ミセス・ファン・ホーン？」

女主人はちらりとレヒーナを見た。「ええ、元気よ」そっけなく言うと、またコンスタンシアの方に向き直った。「あなたは当然、男爵の妻の座を楽しんでいるんでしょうね？」彼女は言った。

レヒーナが息をのむのを聞きながら、コンスタンシアは女主人をぼんやり見つめた。「私が？」

ミセス・ファン・ホーンは耳ざわりな声で笑った。「ふざけているの？　驚いたふりをするなんて」

「いいえ」コンスタンシアはきっぱりと否定した。まるで頭を殴られたように意識が朦朧《もうろう》として、気分が悪かった。

女主人は驚いた顔でコンスタンシアを見たが、彼女が口を開く前に近くにいたレヒーナがあわてて言った。「ディナーでいただいたデザートはとてもおいしかったですわ。ぜひレシピを教えてください」

ミセス・ファン・ホーンはレヒーナに冷たい視線を向けた。「うちの料理人が教えてくれるでしょう。じゃまをしないでもらいたいわ、レヒーナ。コンスタンシアと私は楽しくおしゃべりしているんです」

コンスタンシアはレヒーナと目を合わせ、なんとかほほえんでみせた。女主人はひどく強引で、そのうえ、わけのわからないことを言っている。彼女は早く今夜が終わってほしいと心から願った。

女主人は再びコンスタンシアの方を見た。「あなたほど幸運な女性はそうはいないわ。あんな男性と結婚して――」

ミセス・ファン・ホーンは最後まで言えなかった。コーヒーカップと受け皿を持ったレヒーナが急いで歩いてきたかと思うと、バランスを崩し、ミセス・ファン・ホーンの背中にコーヒーをこぼしたからだ。ほかの女性たちの冷ややかな視線を浴びてレヒーナが謝っている間、コンスタンシアは考えこんだ。なぜレヒーナはわざとコーヒーをこぼしたりしたのだろう？　女主人が着替えるために部屋を出ていくと、コンスタンシアは立ちあがり、すでにほかの人たちと一緒にいるレヒーナのところへ行った。

コンスタンシアは低い声で尋ねた。「なぜあんなことをしたの、レヒーナ？　ミセス・ファン・ホーンの口から私に言ってほしくないことがあったのね。確かに私はイエルンについてなにも知らないわ」

レヒーナは少しいらだっているようだった。「イエルンに直接きいて」彼女は言い、ドアから男性たちが入ってくると大きなため息をついた。イエルンは屋敷の主人と笑顔で話していたが、コンスタンシアを見ると鋭く目を細めた。彼は主人に一言断ってから近づいてきて、人目をさえぎるように彼女の前に立った。

「動揺しているようだね。どうかしたのかい？」

レヒーナが答えた。「もちろん、ミセス・ファン・ホーンのせいよ。彼女がよけいなことを話して……私が彼女の背中にコーヒーをこぼして中断させたけど、あなたはコンスタンシアに説明しなくてはならないわ」

「なにを説明するの？」コンスタンシアはききたいことがいくつもあったが、しばらくその機会はなさそうだった。

「家に帰ってからだ」イエルンは言い、あるグループに近づいていって話を始めた。コンスタンシアも女主人やほかの女性たちと笑顔でそつなく会話を続けた。彼女はまるで繊細なドレスを着た妖精《ようせい》のようだったが、瞳の奥には困惑の色が浮かんでいた。

パーティがお開きになるまでの時間は永遠にも思えた。家に向かう車の中では二人とも口をきかなかった。だが、いったん屋敷に入ると、コンスタンシアはイエルンの方に向き直った。「今は話したくないわ、イエルン。でも、質問には答えてくれる？」

彼はコンスタンシアを居間へ促した。「座ってくれ」その口調はいつもどおり落ち着いていた。

コンスタンシアは首を横に振った。怒りとみじめさと悲しみのせいで体が震え、彼女は椅子の背をつかんだ。

「ミセス・ファン・ホーンは」コンスタンシアはようやく口を開いた。「私に言ったわ……男爵の妻の座を楽しんでいるんでしょう、と。最初は冗談を言っているのかと思ったけど、レヒーナは彼女を黙らせようとした。あの高価なドレスにコーヒーをこぼして……」彼女はそこで息を吸いこんだ。「イエルン、最初に会ったとき、私はあなたを一般医だと思った。でもあとから、実は教授だとわかった。今度はあなたが男爵だと言われた。本当にそうなの？」

「ああ」

「なぜ話してくれなかったの？」彼に答える間を与えず、コンスタンシアは荒々しい口調で続けた。「あなたと結婚できて幸運だと、ミセス・ファン・ホーンは言った。そして、さらになにか言おうとしたとき、レヒーナがコーヒーをこぼしたの。私は彼女がなにを言おうとしていたのか知りたいわ」コンスタンシアはさぐるようにイエルンを見たが、その表情はいつもどおり穏やかだった。

「きっと彼女は僕が大富豪だと言おうとしていたんだろう」

コンスタンシアは胸が苦しくなった。もし彼が私のことを少しでも大切に思ってくれているなら、なにもかも話してくれたはずだ。だが彼は、私以外のみんなが答えを知っているゲームを周到に計画した。

「リーチェは？」コンスタンシアはうわずった声で尋ねた。「それにタルヌスは？　私が掃除や洗い物をうまくこなせるように、自分があなたの役に立っていると思えるように、おおぜいの使用人がどこかに隠れているんじゃないの？」その声は辛辣《しんらつ》だった。イエルンがコンスタンシアに一歩近づくと、彼女は叫んだ。「やめて。言い訳なんて聞きたくないわ。なぜあなたがこんなことをしたのかわからないし、わかりたくもない。きっと私を哀れに思ったからでしょう」彼女は悲しげな泣き声をもらしてイエルンの前を通り過ぎ、自分の部屋に駆けあがった。

ベッドに身を投げ出して思いきり泣きたかったが、そんなことをしてもなんの役にも立たない。コンスタンシアは胸を高鳴らせて身につけたはずの美しいドレスを脱ぎ、慎重につるした。そして、泣きながらシャワーを浴び、部屋着を着て、クローゼットからスーツケースを引っぱり出した。荷造りを終えると真夜中になっていたのでベッドに入り、目を閉じたが、もちろん眠れなかった。

いくつもの小さな出来事が頭によみがえった。初めてタルヌスに会ったときのこと、ダイムラーでイギリスに行ったこと、イエルンが服を買ってくれたこと、彼の家族に紹介されたときのこと——もちろん、みんなは知っていたのだろう。頑固な独身主義者だったイエルンが明らかに同情から私と結婚したことを、笑っていたに違いない。

それでもみんなやさしかった。レヒーナは、ミセス・ファン・ホーンが秘密をあかそうとするのを必死にとめようとしていた。イエルンの屋敷に来てから何週間もたつのに、まったく疑いを持たなかったなんて、自分でも信じられない。朝起きたらすぐに着替えて、だれも来ないうちに屋敷を出ていこう。そう決心したところで、彼女は眠りに落ちた。

コンスタンシアが目を覚ましたのは九時半ごろだった。紅茶が欲しいとベルを鳴らすまでは起こしませんと、たしかリーチェは言っていた。コンスタンシアはベッドを出るとイギリスから持ってきたツイードのスーツに着替え、青ざめた顔にすばやく化粧をして階下に下りた。イエルンはまだ午前の診療中だから、出ていく前にコーヒーを飲む時間くらいあるだろう。

置き手紙を残す必要はないわね。コンスタンシアは皮肉っぽくそう思ったが、やはり手紙を書くことにした。腕時計を見ると、まだ少し時間があった。診察はいつも十時過ぎまでかかる。彼女は急いで家の奥にある小さいほうの居間へ行き、書き物机の前に座った。彼女は二通手紙を書いたが、それをまるめて三通目を書きはじめたところで、背後から穏やかなイエルンの声が聞こえた。

「僕がここにいるんだから、手紙を書くより話したほうが簡単じゃないか？」

コンスタンシアは凍りつき、振り返った。彼は小さな暖炉の前にある肘掛け椅子に座っていた。部屋に入ってきたときに周囲を見まわしていれば彼に気づいたはずだが、手紙を書くことしか頭になかった。彼女はぼんやりと言った。「書いたほうが簡単よ」

「だったら、君が捨てたものを読もうか？」イエルンは机に近づいてきて、コンスタンシアの前に立った。彼に見おろされては不利だと思い、彼女も立ちあがった。

「あなたがここにいるなら、直接話すわ」どういうわけか、彼に言いたかったことはどれも重要なことには思えなくなっていたが、話すしかなかった。

「私にはここにいる権利はないわ」彼女は少し早口で言った。「まるで偽りの口実でここに暮らしているような気がするの。だからすぐに出ていくわ」それから少し丁寧な口調でつけ加えた。「あなたさえよければ」

イエルンは壁にもたれ、手をポケットに突っこんでいた。「いや、よくない。僕は君を愛しているんだ」

コンスタンシアの頬が燃えるように熱くなり、そのあとすぐに血の気が引いた。短い沈黙のあと、彼女はかすれた声で言った。「愛している……あなたは私を愛しているの？」

イエルンはうなずいた。「君と結婚するのに、ほかにどんな理由があるというんだい?」

コンスタンシアは口ごもった。「それは……私に同情して、仕事を与えたかったからよ。買い物に行ったり、掃除をしたり、子供たちを寝かしつけたり、いろいろな仕事があったでしょう」激しい憤りのせいで彼女の声はしだいに大きくなった。

「僕は君にこの屋敷に来てもらうために、結婚してもらうために、理由を与える必要があったんだ」

「あなたは私をだましたわ……この屋敷のことで。それにあなたはお金持ちだった……」

「だからこそ、なにも話さなかったんだよ、コンスタンシア」イエルンは思い出させた。「君は金持ちが嫌いで、彼らが怠け者でわがままだと思いこんでいた。だから僕は、金のある者がみんなそうではないことを証明する必要があった。それに君はこの屋敷が好きだろう?」

「ええ、好きよ」コンスタンシアははなをすすった。

「でも、リーチェとタルヌスは……あなたは二人が自分の使用人ではないような言い方をしたし、この屋敷も年老いたおじさんのものだって……」

イエルンはかすかに口元を引きつらせた。「僕が一度でもそんなことを言ったかい、ダーリン? 君に勝手にそう思わせておいたのは認める。だが、ほかにどうやって結婚してくれと君を説得できたんだい?」イエルンは大柄な体にしては驚くべきすばやさで壁を離れ、コンスタンシアのすぐそばに来たので、彼女は逃げ出せなかった。「君を一目見た瞬間、僕は恋に落ちた。僕にとって特別な女性は君しかいない。この先もずっとそうだろう。結婚したとき、君は僕を愛していなかったが、僕はあえて賭《か》けてみた。そして、その賭《かけ》に勝ったと思いはじめていたが、今は自信がない。ねえ、コンスタンシア。金持ちであることは僕にとって重要ではない。この屋敷を維持し、僕が受け継いだままの状態で僕の子供たちにここを引き継ぐための手段として、金が必要なだけだ」彼はゆっくりとほほえんだ。「僕はただの一般医でいい」

コンスタンシアは小さくすすりあげた。「あなたは教授じゃないの」

「まあね」イエルンはコンスタンシアの肩に軽く手をかけた。「少しは僕を愛せるかい、ダーリン？　僕は君に対してフェアではなかったが、それは君が僕の人生から消えてしまうのが怖かったからだ。君がそのやさしい心根と寛大さで、僕を許してくれることを願いたい。それに、君が自分でも気づかないうちにわずかでも僕を愛してくれていることを」

涙が二粒、コンスタンシアの頬を伝い落ちた。彼女は急いでその涙をぬぐった。「ええ、私は気づいていなかったわ。一緒にあの竜巻の事故現場に行った日までは」彼女は混乱したように続けた。「わかっていたはずなのに、気づいていなかった。初めて会った日から、私はあなたを愛していたんだと思う。ただ、そんなことは予想もしなかったから……」

イエルンはコンスタンシアを引き寄せ、激しいキスをした。君の言おうとしていることはわかっているというように。「これで君の気持ちもはっきりした」彼は青い瞳をきらめかせて言った。「ところで、君はどこへ行くつもりだったんだい？」

コンスタンシアはイエルンの腕にもたれ、彼の顔を見あげた。「わからないわ……たぶんイギリスでしょうね」彼女はふいに目を閉じた。「ああ、愛するイエルン、これは現実よね？　私は夢を見ているんじゃないわよね？」彼に再びキスされ、彼女はしばらくしてから夢見心地でつぶやいた。「やっぱり、夢じゃないわ」そして突然、きびきびした口調になって言った。「午前の診療は、イエルン？　こんなことをしている場合じゃないでしょう」

「もう一つ、言い忘れていたよ。僕には共同経営者がいて、今は彼が僕のかわりを引き受けてくれている。僕は君を失うんじゃないかと怖かったんだ」

「私を失う？」

「君はすぐにここを出ていくだろうと思った。だが、僕はなんとしてもそれをとめる必要があった」

コンスタンシアが背伸びしてキスをすると、イエルンは彼女をきつく抱き締め、今度はゆっくりとやさしいキスを返した。二人とも、タルヌスがドアを開け、一瞬、驚いてまたそっとドアを閉めたことには気づかなかった。

キッチンに戻ると、彼はリーチェに言った。「コーヒーは急がなくていいようだ」

豆を挽《ひ》いていたリーチェは顔を上げた。「男爵は忙しいの？」

「とてもね」

「でも、男爵夫人は？」

「男爵と一緒で忙しい」タルヌスはポケットの中からセラーの鍵《かぎ》を出し、一人ほくそ笑んだ。「今朝はコーヒーのかわりにシャンパンを持ってきてくれと言われるだろう。セラーの中で最高級のものを」

タルヌスはリーチェと顔を見合わせてほほえみ、セラーへ続く階段へ向かった。

そのころ居間では、ベルを鳴らすためのロープを引く間だけ、イエルンがコンスタンシアを放した。

「タルヌスにシャンパンを持ってきてもらおう。だが、僕は君の国の紅茶でも、たとえ水でも、じゅうぶん目的を果たせる気分だ」

「どんな目的？」コンスタンシアは尋ねた。

「僕の人生でいちばん幸せな日を祝うという目的さ、ダーリン」

「私の人生にとってもね」コンスタンシアは言った。

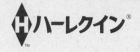

ハーレクイン・イマージュ　2008年4月刊（I-1935）

ひそやかな賭
2024年5月20日発行

著　　者	ベティ・ニールズ
訳　　者	桃里留加（ももさと　るか）
発 行 人	鈴木幸辰
発 行 所	株式会社ハーパーコリンズ・ジャパン 東京都千代田区大手町 1-5-1 電話 04-2951-2000（注文） 0570-008091（読者ｻｰﾋﾞｽ係）
印刷・製本	大日本印刷株式会社 東京都新宿区市谷加賀町 1-1-1
表紙写真	© Darya Sugonyaeva ｜ Dreamstime.com

ISBN978-4-596-54097-3 C0297

5月31日発売

ハーレクイン・シリーズ 6月5日刊

ハーレクイン・ロマンス

愛の激しさを知る

秘書が薬指についた嘘	マヤ・ブレイク／雪美月志音 訳	R-3877
名もなきシンデレラの秘密 《純潔のシンデレラ》	ケイトリン・クルーズ／児玉みずうみ 訳	R-3878
伯爵家の秘密 《伝説の名作選》	ミシェル・リード／有沢瞳子 訳	R-3879
身代わり花嫁のため息 《伝説の名作選》	メイシー・イエーツ／小河紅美 訳	R-3880

ハーレクイン・イマージュ

ピュアな思いに満たされる

捨てられた妻は記憶を失い	クリスティン・リマー／川合りりこ 訳	I-2805
秘密の愛し子と永遠の約束 《至福の名作選》	スーザン・メイアー／飛川あゆみ 訳	I-2806

ハーレクイン・マスターピース

世界に愛された作家たち
～永久不滅の銘作コレクション～

純愛の城 《特選ペニー・ジョーダン》	ペニー・ジョーダン／霜月　桂 訳	MP-95

ハーレクイン・ヒストリカル・スペシャル

華やかなりし時代へ誘う

悪役公爵より愛をこめて	クリスティン・メリル／富永佐知子 訳	PHS-328
愛を守る者	スザーン・バークレー／平江まゆみ 訳	PHS-329

ハーレクイン・プレゼンツ作家シリーズ別冊

魅惑のテーマが光る
極上セレクション

あなたが気づくまで	アマンダ・ブラウニング／霜月　桂 訳	PB-386

※予告なく発売日・刊行タイトルが変更になる場合がございます。ご了承ください。

今月のハーレクイン文庫

5月刊 好評発売中！

Harlequin 45th Anniversary

帯は1年間 "決め台詞"！

珠玉の名作本棚

「三つのお願い」
レベッカ・ウインターズ

苦学生のサマンサは清掃のアルバイト先で、実業家で大富豪のパーシアスと出逢う。彼は失態を演じた彼女に、昼間だけ彼の新妻を演じれば、夢を3つ叶えてやると言い…。

(初版：I-1238)

「無垢な公爵夫人」
シャンテル・ショー

父が職場の銀行で横領を？　赦しを乞いにグレースが頭取の公爵ハビエルを訪ねると、1年間彼の妻になるならという条件を出された。彼女は純潔を捧げる覚悟を決めて…。

(初版：R-2307)

「この恋、絶体絶命！」
ダイアナ・パーマー

12歳年上の上司デインに憧れる秘書のテス。怪我をして彼の家に泊まった夜、純潔を捧げたが、愛ゆえではないと冷たく突き放される。やがて妊娠に気づき…。

(初版：D-513)

「恋に落ちたシチリア」
シャロン・ケンドリック

エマは富豪ヴィンチェンツォと別居後、妊娠に気づき、密かに息子を産み育ててきたが、生活は困窮していた。養育費のため離婚を申し出ると、息子の存在に驚愕した夫は…。

(初版：R-2406)